U0565769

吕新
小传

吕新，1963年出生于山西雁北，童年以及少年时期在塞外乡村度过。这一时期的生活成为他日后写作最主要的底色和最重要的资源以及精神领地，昔日的高纬度的贫瘠荒凉的故土逐日蜕变成为其一生的精神家园。

他曾就读于一所普通商业学校，多年供职于县市文化部门，工作之余创作了大量代表个人风格与艺术水准的力作，后入职山西省作家协会文学院，为专业作家。

吕新是著名的"先锋小说"代表作家，同时也是山西文坛风格鲜明的代表作家。从1986年开始，短短五年间，他在《上海文学》《收获》《作家》《钟山》《青年文学》等全国重要期刊发表了大量中短篇小说，成为当时"先锋小说"思潮的重要代表作家。1990年代以来，在继续写作中短篇小说的同时，他侧重长篇小说创作，现已出版《抚摸》《光线》《梅雨》《草青》《成为往事》《阮郎归》《掩面》《下弦月》等长篇小说多部，以及《山中白马》《夜晚的顺序》《葵花》《白杨木的春天》《黄花》《中国屏风》《瓦楞上的青草》等中短篇小说集多部，另出版二十卷本的《吕新作品系列》。

写作数十年，他曾获得过鲁迅文学奖，庄重文学奖，《上海文学》奖，山西新世纪文学奖，《十月》文学奖等重要奖项。其中，中篇小说《白杨木的春天》获第六届鲁迅文学奖，长篇小说《下弦月》2017年获第六届花城文学奖、首届吴承恩长篇小说奖，短篇小说《梦》2020年获《作家》金短篇小说奖。

吕新现为中国作协第九届全国委员会委员，山西省作家协会副主席。

百年中篇小说名家经典

BAINIAN
ZHONGPIAN
XIAOSHUO
MINGJIA JINGDIAN

白杨木的春天

BAI YANG MU DE CHUN TIAN

总主编　何向阳

本册主编　吴义勤

吕新　著

河南文艺出版社
· 郑州 ·

一种文体与
一百年的民族记忆

何向阳 （丛书总主编）

　　自 20 世纪初,确切地说,自 1918 年 4 月以鲁迅《狂人日记》为标志的第一部白话小说的诞生伊始,新文学迄今已走过了百年的历史。百年的历史相对于古老的中国而言算不上悠久,但 20 世纪初到 21 世纪初这个一百年的文化思想的变化却是翻天覆地的,而记载这翻天覆地之巨变的,文学功莫大焉。作为一个民族的情感、思想、心灵的记录,从小处说起的小说,可能比之任何别的文体,或者其他样式的主观叙述与历史追忆,都更真切真实。将这一百年的经典小说挑选出来，放在一起，或可看到一个民族的心性的发展，而那可能被时间与事件遮盖的深层的民族心灵的密码，在这样一种系统的阅读中，也会清晰地得到揭示。

所需的仍是那份耐心。如鲁迅在近百年前对阿Q的抽丝剥茧，萧红对生死场的深观内视，这样的作家的耐心，成就了我们今天的回顾与判断，使我们——作为这一古老民族的每一个个体，都能找到那个线头，并警觉于我们的某种性格缺陷，同时也不忘我们的辉煌的来路和伟大的祖先。

来路是如此重要，以至小说除了是个人技艺的展示之外，更大一部分是它对社会人众的灵魂的素描，如果没有鲁迅，仍在阿Q精神中生活也不同程度带有阿Q相的我们，可能会失去或推迟认识自己的另一面的机会，当然，如果没有鲁迅之后的一代代作家对人的观察和省思，我们生活其中而不自知的日子也许更少苦恼但终是离麻木更近，是这些作家把先知的写下来给我们看，提示我们这是一种人生，但也还有另一种人生，不一样的，可以去尝试，可以去追寻，这是小说更重要的功能，是文学家个人通过文字传达、建构并最终必然参与到的民族思想再造的部分。

我们从这优秀者中先选取百位。他们的目光是不同的，但都是独特的。一百年，一百位作家，每位作家出版一部代表作品。百人百部百年，是今天的我们对于百年前开始的新文化运动的一份特别的纪念。

而之所以选取中篇小说这样一种文体，也是出于这个原因。

中篇小说，只是一种称谓，其篇幅介于长篇小说和短篇小说之间，长篇的体积更大，短篇好似又不足以支撑，而介于两者之间的中篇小说兼具长篇的社会学容量与短篇的技艺表达，虽然这种文体的命名只是在 20 世纪的七八十年代才明确出现，但三四十年间发展迅速，其中的优秀作品在不同时期或年份涵盖长、短篇而代表了小说甚至文学的高峰，比如路遥的《人生》、张承志的《北方的河》、莫言的《透明的红萝卜》、韩少功的《爸爸爸》、王安忆的《小鲍庄》、铁凝的《永远有多远》等等，不胜枚举。我曾在一篇言及年度小说的序文中讲到一个观点，小说是留给后来者的"考古学"，它面对的不是土层和古物,但发掘的工作更加艰巨,因为它面对的是一个民族的精神最深层的奥秘,作家这个田野考察者,交给我们的他的个人的报告,不啻是一份份关于民族心灵潜行的记录,而有一天,把这些"报告"收集起来的我们会发现,它是一份长长的报告,在报告的封面上应写着"一个民族的精神考古"。

一百年在人类历史上不过白驹过隙,何况是刚刚挣得名分的中篇小说文体——国际通用的是小说只有长、短篇之分,并无中篇的命名,而新文化运动伊始直至70年代早期,中篇小说的概念一直未得到强化,需要说明的是,这给我们今天的编选带来了困难,所以在新文学的现代部分以及当代部分的前半段,我们选取了篇幅较短篇稍长又不足长篇的小说,譬如鲁迅的《祝福》《孤独者》,它们的篇幅长度虽不及《阿Q正传》,但较之鲁迅自己的其他小说已是长的了。其他的现代时期作家的小说选取同理。所以在编选中我也曾想,命名"中篇小说名家经典"是否足以囊括,或者不如叫作"百年百人百部小说",但如此称谓又是对短篇小说的掩埋和对长篇小说的漠视,还是点出

"中篇"为好。命名之事,本是予实之名,世间之事,也是先有实后有名,文学亦然。较之它所提供的人性含量而言,对之命名得是否妥帖则已显得不那么重要了。

值此新文化运动一百年之际,向这一百年来通过文学的表达探索民族深层精神的中国作家们致敬。因有你们的记述,这一百年留下的痕迹会有所不同。

感谢河南文艺出版社,感动我的还有他们的敬业和坚持。在出版业不免受利益驱动的今天,他们的眼光和气魄有所不同。

2017 年 5 月 29 日　郑州

目录

南方遗事

一

穿过二十里以外的稀疏的云彩，我望见了那种四季常青的语言之树。

语言下面是一个虚构的时期。

下面是明亮的稻田和茂密的芦苇，南方众多的水汪汪的河汉子遍布在一种烟雨迷蒙的历史中。最初的某一天，我坐在一辆蒙有绿色篷布的马车上，面对着的是河两岸星星点点的民间历史和传说。

整整几年，我们都在绚丽的五谷中经过。沿途是传说中的房屋和松散的歌谣。

正月初一，我站在一排模糊的警句和格言的后面，我听见民间的爆竹有如秋日的扁豆，初二早晨的墙角里残血点点。

我来时的路上，田野萧瑟，狂风大作。我听见天空里一直都在打雷，但始终没见下雨。从初一到十五，我跟在远去的旱船的后面，路上有失散的鞋，有短短的蜡烛和一些肉红色的胡桃。那时候，我站在舞狮者的后面，我听见红纸的公鸡啄食着干瘪的谷粒，在低远的村落里一遍一遍地啼唱。

一个背景有些苍茫的冬天，我望见吴发坐在水边钓鱼。

二

圆形的水有如我的呼吸和身世。 我坐在一些年代里的蓝色丘陵上眺望，两边都是页码凌乱的民间著作。 我想象水中的鱼，它们平滑的背部铭刻着早年的声音和梦想。 后来的一些年，天气一天不如一天。 夕阳西下染红了城墙，我腿部的树枝繁叶茂，黑木耳幽雅地挺着。

夜里，幽闭的红灯笼失眠至天亮。

我坐在夜晚的杂粮堆上，我记得吴发是一个脸色苍白的民间工匠。

吴发在最初的一个开头下着小雨的故事里想起了弟弟吴天。 在吴天的小腹上日夜活跃着部分形体消瘦的白色曲线，如同先辈们的稀疏的白发。 天气渐渐转暖，吴发连续许多日子都在用他的同一张苍白的脸久久地眺望着吴天。 吴天是二月初生下来的，随同吴天一起到来的还有一株颜色鹅黄的药草。

我行走在二月份的面粉中，我听见这个季节里有许多的小动物都在低声交谈，河流两岸的气氛寂静如初。

很早的时候，吴天就感到在寂寥的民间有一张苍白的脸在久久地向他眺望，他记下了一种十分流畅的语言。 他初来乍到，二月的面粉使他恍若置身于一个混沌而无边的年代。

遥望早年间干净清澈的水，吴发已经推算出水中是一条年幼的鱼。吴发短暂的一生依附在一块发白的石头上，他发现河面上的船离他越来越远，四周的景色如古人的字画。他听见阵阵空洞无物的锣鼓声在一些久远的年代里响着，天光正在渐渐发白。

黎明抵达的时候，吴发钓上的那条鱼已经十分苍老了，有如吴发的爷爷。雪白的胡须，鱼骨和鳞片松动如晚年的关节和牙齿。鱼颤颤巍巍地坐进吴发身边的一只木桶里后，一抹鲜红的阳光浮出了水面。

其时，一种典型的规范化的语言清晰可触地呈现在附近的一些树干上。光影和水色使吴发对一切都感到异常陌生，飘拂的树影和银色的鳞片弄痛了他的眼睛。他看见吴天手举斧子的姿势有些幼稚吃力，甚至令人可笑。吴天用一种十分荒唐的姿势挥动斧子，披散在肩头的树枝斑斓无比地浮现着他的一生，水边回响着近乎荒唐的声音。那时候，吴天的一根金色的眉毛曾亮亮地在吴发的记忆里闪了一下。

某年某月，戏台子上刮着北风，我是吴发吴天兄弟俩的舅舅，我感到天空是一匹马。

（很多年以后的一个夏天，月光遍地，水边的房屋消逝，我们一起落马而死。）

三

二、三月交替的夜晚，月亮圆圆地挂在天上，镜子里虚构的树木纷纷倒下，又不断重新生长了起来。

我见过那些砍不完老不死的乡村古树。 我从一些没有碑文记载的年代里走过时，常听见树上的枝丫间传来鸟的啼叫，一种充满了无限距离的文字经常被书写在冬日黄昏的墙上。 那些树总是站在墙外，犹如整齐的鱼骨。

语言的重复增加常使我感到夜长梦多。

我回到了阔别已久的虚构的乡间。

我站在那些过去的墙下，面对着的是墙上的一幅幅笔迹苍茫的水墨。 在昊天后来制造的一起一落的巨大回音里，我望见乡村郎中汤丙鹿的弯曲的倒影正在飞越三十里金色的水塘，一朵莲花状的云彩穿过他身体的空隙。 此后的岁月里，他种植了一株株鹅黄色的药草，他的袖口上落坠着一些粉红和鹅黄的美丽花瓣。

在河流两岸的那些星星点点的村落里，儿童们怀抱金色的公鸡安安静静地坐在一道道古老的门槛上。

三十里乡间阳光灿烂，字体碧绿。

四

乡间的人喝着圆形水坛里的明亮的水。

五

吴天的头枕在一颗西瓜上睡了一觉，醒来后他发现他一个人坐在西瓜地里，天空里什么也没有。 那些低矮的瓜棚在他的眼前总是一闪而逝。 从附近山上的石头前滑过。

吴天的一只手按着那只粗糙的布口袋，许多年来这口袋里其实什么也没有。 吴天从左边口袋里掏出他的几根手指放进了右边的那个口袋里，放进去以后他又抽出他的手轻轻地拍了拍右边的口袋。 这时候，左右两边的口袋都空洞无物，但吴天觉得左边的口袋是空的，右边的口袋里却充满了一些东西。 山中的石头上长满了绿色的苔藓。 田野里劳作的人在太阳下像一些黑色的虫子。

他翻开第一章，缓慢进行的时光中残留着昨夜的风声。成群的骆驼载着黑白分明的盐驮，正在艰苦卓绝地穿越虚构的乡土。

一只木船在河里缓缓走着，船头前晾出了湿漉漉的衣衫。

公主看见地上出现了几朵鲜红的梅花。 公主看见那几朵梅花如几只眼睛一样，泪水盈盈。 四月一开始，从公主的头顶上便传来一种婴儿的肉色的哭声。 此后的一些日子里，公主就一直行走在那种粉红色的记忆里。

公主一手举着灯盏，一手提起粗布的衣裙，一步一步沿着那架红木的梯子一直走上去。 身后好像还悄悄地落着雪，也许是雨，经久不息的水声环绕着寂寞的山庄。

吴天骑在黑暗中的墙头上。

吴天的声音如同虫子，他轻轻地说道："公主，药煎好了，该用药了。"

公主走到高处的时候，感到梯子上的风很多。 她想民间的风真大。 她抬起宽大的裙袖护着灯，她觉得自己已经很久没有说话了。

风在那个时候显得很凌乱，一片一片的风仿佛太监或宫女们冰冷潮湿的舌头一样殷勤地舔着公主美丽的手臂和面容。

接下来，火苗逐渐减弱，变得又细又小，公主感到灯盏里的油好像不多了。 公主以为快到了。 身后似乎仍下着雪，雪把大部分的事物都掩埋了。 公主顺着梯子往上走的时候，她空荡荡的袖筒里十分寂寞。 大雪使她几乎失去了记忆，先前的那些旧人一个也想不起来了。 黑暗覆盖了她的目光，使她无法看见地上的那些风化后的兵器和宫廷的碎片。

快到了。 她这么想着，便抬起衣袖擦去脸上的泪。 此前，她发现自己哭过。

吴天合上书，骑在黑暗中的墙头上低声叫道："下来吧公主，从梯子上下来。"

"城墙豁口上有风。"

河里的那条船不走了。船妇从拱形的乌篷中钻出来，收起被风吹干了的那些衣衫。

六

昨夜的一场大雨将水边的部分蕙兰吹得东倒西歪。树丛后面的村庄里有人正在加固房舍，搜集被风吹散后的茅草。

我站在河边，河水如画。

河水冲刷着山中的石头，下山的路都隐显在乱蓬蓬的马齿草中间，山腰中可见那些倾散的谷物和失落的犁刀。

山下是虚构的乡土，恬淡而宁静。

我注意到了那些值得推敲的墙。很多的院落里都晾晒着陈旧的棉衣、渔网，湿漉漉的井绳、腊肉，风干了的辣椒和艾条。

有关那位流离失所的公主，她的故事在民间经久不息，她背井离乡的经历年年演义一回。

我推算公主的实际年龄，里面有许多难以圆说之处。这件事情在时间上面出了一些毛病，出现了一些令人无法把握的东西。

我感到这件事情里自始至终都有一位白发苍苍的老太太

在暗中悄悄地走动着。 时间的流逝使她的手上布满了无数褐色的斑点。 有时候，岸边的灯火又会照亮她脸上的麻子。

七

夏日傍晚的河边，夕阳常将墙垣染成朱色。 吴发牵着羊在河边饮水。 他的嘴里说着一些凉飕飕的话吓唬羊，羊听了吴发的很锋利的语言之后，便乖乖地低下头喝水。 吴发一边抚摸着肥大的毛茸茸的羊尾巴，一边打量着远处茅舍墙上的几枝夜来香。 对于墙头上历代以来便栖落着的夕阳，他从来都熟视无睹。 过了年以后，吴发就上了山，山中的空气使他耳聪目明，衣服如云彩一样飘飘拂动。

吴天从头至尾一点不漏地翻看着吴发的过去，绿林的品质使吴天在这种时候时常产生一种飞檐走壁的快感，而吴发飘拂的衣衫又常常将他的目光弄得十分红肿，这使他始终不得不与吴发保持着一种距离。

爷爷听说吴天在县立中学读完以后没有考入任何一所大学，又没有找到可做的事情，吴天一个人在县城的护城河边转悠着想死，爷爷就来了。 爷爷站在火柴厂的排水沟的一边对吴天说："考不上就拉倒。 死了吧，死了好，往后就可以跟爷爷一起种西瓜了。"

吴天现在回忆起来，护城河边造纸厂的机器当时似乎都不响了，爷爷说这话的时候像一束橙黄色的阳光。 吴天想起世上的每一句话，都觉得很有道理。就像他从小站在鲜艳的桃符下面相信红纸是用人的血染出的一样。那时候，每次回家的时候，他都感到自己的身上流荡着一种浓浓的血腥气。在他以后的绿林生涯里，充满了无数英勇的火苗。

那天的事情结束得过于迅速。造纸厂紫色的水和火柴厂黄色的水从对面的沟里流出来，缓重的彩色水流有如老年的哲学家在傍晚的山谷里徐徐而行。吴天看见爷爷的手里拿着一件七彩颜色的衣服，爷爷要吴天换上。爷爷对他说，换上它，你换上。吴天费了很大的力气也没有将那件七彩的衣服穿到身上去。爷爷站在他的对面仔细地看着他，对他说了许多鼓舞人心的话。爷爷那天运用了一种十分慈祥的语言，他把所出现的每一个句子都整理得井井有条，曲径通幽。后来，山中朱红色的钟声飘来之时，爷爷便转身一个人走了。突如其来的钟声使爷爷的长袍抖成一团。爷爷越过造纸厂排出来的紫色水流，花白的胡须在宁静的阳光里飘扬，在风中蜿蜒而去。

那时候吴天正背水而立，他听见火柴厂的工人们正在那道黄色的水沟里洗涮炊具。

八

公主只睡了一个时辰左右，附近的鱼就把她吵醒了。

巨大的渔网将天空遮掩得密密麻麻。公主醒来后，吴发已经走得完全看不见了，他的后面出现了一大片空白的东西。公主的怀里抱着一只银瓶走得很慢，步履如水。

那时候天还没有亮，那时候所谓的亮色就是那一大片空白的部分。

沿路上都堆着一些白色的盐或雪。

九

第二天，雨过天晴，这是一个阳光彤红、地面潮湿的好日子，正值河对岸竹器店老板的儿子娶亲。白色的水雾四处延伸，河面上有船从远处划来了。

我从河边的那个茶叶收购站的大铁门里走出来后，那只娶亲归来的船只正好从一段残缺颓废的历史中驶出。

我没有任何的办法去描述那个茶叶收购站里所发生的故事，我所能提供的只是几个不大准确和真实的数字。那个临河而建的茶叶收购站里住着那么五六个或六七个人，其中一位面目模糊得十分不具体的白发苍苍的老太太，还有两位肖像酷似一人的年青姑娘，也许是几个，也许就只是那一个。那天傍晚，天上下着很大的雨。沿着一种沉闷的汽锤的响声，我在滂沱的大雨中看见了那个茶叶收购站的圆形的镶有黑色花栏的围墙。当我后来为了避雨翻墙跳进那个黑大门里以后，我就发现我自己生涯里的晴朗的日子已经所剩无几了。

　　一种古老的动静猝然而至。

　　我站在堆放着茶苗的一根木头柱子旁边，看见了雨夜里收购站内零零星星的灯火。我在那种时候听见了骨牌制造者和棋谱发明者的故事，他们的梦呓令人不安，他们多少年来一直用酒代替油点灯照明。我只想说那天夜里我看到的那种幼小的蓝火苗很美丽，如同蜡烛，它像一些温暖的念头和散淡的情绪，遍布在三十里美丽的乡土上。

　　后来发生的故事使我对这个临近河边的茶叶收购站萌生了一连串背景阴暗的幻想。骨牌制造者找到了那座埋藏在沙石下的死城。两个没有胡须的年轻人轻而易举地在茶苗旁边找到了我。他们看到我的时候，惊喜万分地说道："呀，舅舅来了。"

　　这是那个傍晚的一部分内容，连同后来发生的其他都出现在同一个雨夜里。有关那个茶叶收购站里的情节到这里便无法再进行下去了，这中间出现了距离，就是那种像时间一样无时不在无所不在的距离。我想我提供的这个故事的范围始终不会越过河边。我想说的是这很有可能是一场黑白相间的虚实难辨的梦与现实。在他们惊喜万分地将我带到那种幼小的蓝火苗前面时，我仍完好如初地一直呼吸着清新透明的乡间空气。

＋

　　顺着那一株鹅黄色的药草，我找到了汤丙鹿的著名的中草药铺。

　　汤丙鹿蜗居在乡间的黑色柜台后面。

　　他的那些药草遍布三十里美丽的乡土。　四月下旬，他拉开药铺里的一个抽屉后，一只枯老的金龟子掉到了他的衣服后面。　他听见远处的一些高大无比的热带植物正在轰然倒下，顺着起伏的南方丘陵一直滚落至水边。　他望见一些古老的木匠提着斧子在大地的边缘久久地徘徊，他们的身上刻满了线条迷乱的木头花纹，东方古老的朝霞里晃动着各种农具的形状和原始期的尺寸，一些人骑着犁。　他们坐在一种粉红色的树下，心情很好地回忆早年间的拥有七八个头的小麦和谷穗。　他们平缓的语言越过木匠们注视着茫茫岁月过去以后的种种痕迹。　早晨开始以后，具有蓝绿两种颜色的树叶纷纷坠落民间。　他们坐在船舱里或圆圆的谷堆旁，说着一些神话故事和山林演义，后期的民间内容是带有肖像和插图的古代小说。

　　水边有一座蓝色的磨坊。

　　这是那古老土地上的种种现象之一。　那天我坐在一个渔翁的旁边，我的身后是一大片金黄色的油菜地。　我看见一辆蒙着绿色篷布的鼓荡人心的马车叮叮当当地奔跑在乡间晴朗如洗的南方大道上。

天空辽阔，鞭声遥远，六十一年前的一个炎热的夏日，乡村郎中兼药剂师汤丙鹿遇到了一位卖茶水的漂亮女人。

那是一个眉清目秀的吴越妇女，她像一片绿色的柳树叶子一样很消瘦地出现在那个炎热的夏日里，汤丙鹿坐在一棵桉树下好像读了一节五代时期的游记体的碑文。女人的每一个眼神飘过来以后，汤丙鹿都能感到一片怡人的荫凉笼罩着自己。

那个女人从元宵节的灯火里走来，她的裙裾上还遗留着一些当时的雪花。几个月以来，民间的喜庆的锣鼓声一直形影不离地伴随着她走过了许多的地方，她总是沉浸在一些虚泛的往事之中。她听说广阔的民间五谷丰登、六畜兴旺，鲜艳的蔬菜和水果在人们的身边发出叮叮当当的叩门之声。她望见一些黄纸的桃符遍布在炊烟依稀的民间，遍布在幻影般的窗户和门楣上。她的目光被南方古老的水利工程阻隔着，她的视线内堆放着色彩艳丽的多种器具，包括焙制精良的彩陶和生铁模型。

她把挑子放在乡间的绿荫里，在一块平滑的龟背石上坐了下来。

汤丙鹿放弃了那棵美丽的蝉鸣不止的桉树，他开始喝着她的碧绿茶水。

他们之间几乎没有什么对话，绿色的水或炎炎的烈日消解了种种的语言。汤丙鹿默默无言地喝着她的碧绿的茶水，酷暑使他忘记了许多的东西。 女人看着他。 女人看见她的碧绿的茶水正穿越他焦虑的喉咙，水声疏朗玲珑。 女人那时忽然感到这个夏天其实并不很热，燥热来自另外的一些东西，女人感到凭空多出来的那些东西不可捉摸，简直无法把握。 她注视着渐渐消逝的绿水，想起了一些苍茫有余的细节，有些部分在那碧绿的茶水里浸泡过不止一次。 但一种色彩上的气氛和现象本身并不重要，并不能揭示那个夏天里的其他的一些东西，那类东西只提供了一种气候或场景的轮廓，它们在内容上只起到了一种涂脂抹粉的装饰作用。

重要的那种东西浮在茶水的后面。

汤丙鹿喝着那个女人的碧绿的茶水，他忽然记起了在黄昏时的墙上时常出现的种种锈迹斑驳的现象，包括一些前面带有复姓的名字。 他在黄昏的情调中默默地阅读那种现象时有如他在诵读铸造时期的种种文体。 他当时大约坐在一只漂亮的滑竿上，但他始终想不起此行的目的和四周的部分参照之物，他感到自己无法复述那些消逝了的面孔和声音，他的目光在白炽的阳光下几近失明。 河对岸的村舍里传来一阵婴儿的哭声，他恍若看到一只粉红色的小手正在河对岸摇来摇去。 远处乡间大道上稀疏的铜锣声在拂动的指间鲜明地凸起，几只渡河的鸟正栖落在附近的一口水塘边。

汤丙鹿喝完那种碧绿的茶水抽空去看那个女人的消瘦的形象时，他发现时间正在倒流。

我在这里必须重复地说，汤丙鹿喝完那种碧绿的茶水抽空去看那个女人的消瘦的形象时，他发现时间正在倒流。

　　这就是那个遥远的夏日里的最基本的实质和内容。多年之后，他不无顾虑地向我描述当时的那种背景。我也曾经不止一次地向汤丙鹿请教他那时看到的那种叫作时间的东西——这种事情常使我彻夜难眠，汤丙鹿对此一直感到难以名状，苦不堪言。他说他忽略了它们的尺寸。我想时间大约是没有尺寸的，至多具备一些无形的触角或其他的什么东西，或许它更像是一种妖术，云烟氤氲。我的这种想法使汤丙鹿大为惊讶。现在回忆起来，六十一年的那个夏日的乡间从头至尾都十分均匀地泼洒着那种颜色碧绿的茶水。很多年，那个像绿色的柳树叶子一样的女人再没有露面。很多年，那种转瞬即逝的语言使汤丙鹿忘记了书写时的次序和格式，以至于他所开的药方常常令人三思而行，疑虑重重。

　　汤丙鹿就这样蜗居在空气碧绿四季流水的乡间。他在这个虚构的地方种植了一望无际的鹅黄色的药草，他制造了无数的金龟子和六味地黄丸供远近的城市早晚服用。

十一

　　我来到这个虚构的乡间后，正是一天中的傍晚。河边吹着一种十分凉爽的风，我看见这个结尾的颜色很重。

　　河的对岸有一些稀稀落落的民间房舍，黑白分明的南方建筑使这个夏日的傍晚到处都飘荡着一种阴湿古老的灵秀之气。

我猜想所谓的人杰可能就是诞生在这样景致的地方。 我那时站在一个背景安详的结尾处，眼前清澈的河水如一名纯情的乡村哑巴一样唱着歌，从我的面前缓缓流过，礼仪周全地向夜晚的深处流去。

我在那种灵秀的暮色中看到了一家淡黄色的纺纱厂，我闻到了那些浸泡在水塘里的陈年竹器的味道。

几只破旧的木船在绿色的桉树叶子中间摇摆着，慢慢地隐现出来。 我在一块十分温热的石头上坐下来，我看见河水里绿色的浅草被水洗得蓬蓬松松，干干净净。 我用这样的一种情绪记述这种图文并茂的岁月，是由于我对岁月的那种散淡的结构形式怀有极大的敬意。 我注重时间的状态和形式，经常不自觉地忽略有关的内容，在一次又一次的漫不经心的飞越中，我听到了流传在民间的那种不死的东西。

第一行充满灵秀的遗言已经消逝。

我想象河边有关汤丙鹿的故事和几个重要的形式。 十年前的一个草长莺飞的季节，天空中裸露出粉红的牙床一样的东西。 沿着乡间的晴朗而绚丽的大道，我找到了晚年时的汤丙鹿先生。 我看见汤丙鹿先生腐朽的背影在铅灰的暮色里凸现得像河边房舍上面的老式的烟囱。 我听说在那些时候，北方乡村的打谷场上已经全面地铺满了丰收后的庄稼，他们在圆形的天空下轻轻地挥动手中的鞭子，激励着一匹雪青的马在质朴无华的农耕语言中缓缓穿行。 在与此有关的田野和窑洞前，日夜运转着那种形式十分抽象的生产制度。

我从一些农业的故事里走出来，疲倦地眺望烟水朦胧的南方岁月。

我听到了一些农业问题的哀鸣声。 在那些青翠欲滴的山谷中，他们粉墙黑瓦的居所有如久远的庙宇，平静而颓败。在那样的岁月里，我明白了一些著作中所描述过的现象。 所谓的庙宇主义所展示给我们的就只是几枝稀稀落落的红杏的残骸。 在一些喜庆的年代里，我们一直都能清晰地望见农业的硕大的花朵。

第二年的春天，我沿河而行，我绕开了那些庙宇主义的墙，眼前的景色令人浮想联翩。 破败的山门里夹着一些催人上路的钟声，钟声悠远而温情。 上路的那一天，他们早早地就醒了，那时，民间的杏花开得正好。

那时，汤丙鹿已经挥手送走了一天中的最后一辆蒙着绿色篷布的马车。 他平静地注视着暮色中渐渐远去的绿色马车，车上满载着他精心研制多年的金龟子和六味地黄丸驶向远方的一座城市。

马车完全从岁月里消逝以后，他在如铅的暮色里苍老地咳嗽了一声。

十二

傍晚一开始，那个年轻而纯情的哑巴就出来了。 他是汤丙鹿唯一的一名徒弟。他熟知无数的形态各异的中草药的配制方法和使用过程，有关的一些事物在他纯净的记忆里呈清晰无比的网络状。他熟悉那种走法如同熟知家乡的曲径和古代阵图。

年轻的哑巴站在几间仓库的前面，他后面的背景就是那家淡黄色的细纱厂。他将一个黄色的纸包如期交到汤丙鹿的面前。汤丙鹿接过哑巴递来的黄色纸包后放在手掌中间掂了掂纸包的重量，又放到鼻子下面闻了一下。这后来，他就将那个黄色纸包揣进怀里。

"你的身后有没有人？"

南方铅灰而沉重的暮色使汤丙鹿的声音像古旧的青铜烛台一样沙哑而黯然。

年轻的哑巴怀着一种纯净的心情从一些著名的瓷器旁走过时，他看到了瓷器上精心焙制着的从前的太平盛世年间的一部分优美的舞姿，宽大而柔软的袖筒里抖落出那些朝代里特有的风景和日常用语，抖落出太监们的叹息和婢女们的红颜。灯影幢幢的年代里，他们把黑白两种颜色的梦想建造在河的两岸，夜晚的语言徐徐地从平静的河面上漫过，三十里乡土宁静而清纯，语言简洁，风范玲珑。

船和马车成了乡间引人注目的风物标志。

十三

那些蒙着绿色篷布的马车是五月的一个傍晚时分出现在乡间大道的尽头的。 早些时候，旅途中的风声唤醒了一名沉睡的车夫，车夫的姿势使篷布多少有些凌乱。 我与汤丙鹿都心照不宣地注视着那段烟水苍茫的水边历史及背景，不远处的河面上有一道弧形的旧日石桥，桥头上扔着一只麻底的旧鞋。 我想象当年的那只鞋，那只脚。 桥梁上那绿色的青苔曾经很辽远地铺展着，也曾覆盖过一切。

汤丙鹿对我说："你没有义务向别人描绘这里的一切东西。"

他的脸很老了，线条复杂的皱纹里仿佛开满了凌乱的花瓣，他茫茫的眼睛里缓缓地浮动着早年间的一些内容。

我看见他的视线很小心地越过一些山头。

五谷稀疏。 多少形状鲜明的器具都逐渐黯淡了，一系列金色的池塘标志着六十一年前的乡村故事有如劫后余生。 某年某月是一个气候怡人的好日子，我与汤丙鹿坐在他的乌黑的柜台后面，共同谛听年轻哑巴在后院里的一棵秀丽的树下不紧不慢地捣药。 时值夜晚，哑巴头上的月亮很白很圆。

我们都在那个夜晚里听到了那种空寂而单一的捣药声，我们的谈话自始至终都夹杂着车前子和罂粟花的重重枝蔓。那时候，我们两个人都同时发现我们的谈话正在不断地陆陆续续地向后倒退，所谈的内容笼罩着青白的月色。 那是一种内容和时间上的倒退。

汤丙鹿那天夜里背靠着一棵郁郁葱葱的大麻坐在那里，他留着一部巨著一样的经典式胡须，戴着圆圆的水晶石眼镜。 他在一次著名的八月砍树事件中留给我的全部印象是散淡而冷漠，高傲而目空一切。

他后来轻轻地对我说道："你说的那种事情我明白。"

几年以后，我坐在税务署大门口的青石台阶上，眺望乡间碧绿的字体。

那只上面晾满了衣服的破木船是那年十二月的上旬消失了的。 以后，平静的河面上来往的船只一直很少。 一些面目陌生的外省人在岸边走来走去，他们所呈现出来的种种状态和形式令人想起饥荒年月里的百姓和狗。

在距离那个乌黑的柜台九年前的一个日子里，劳动者的花朵发出了呛人的幽香。

汤丙鹿回忆起一片圆形的水。 他听见整个民间都在下雨，黑白分明的房舍像浓墨泼洒出的一种图画。 后来他说，也许不是雨，是附近的一些女人在夏日的河水里沐浴的声音。

那时，汤丙鹿常在河边的沙地上晒药，有时候，整整一个下午他都独自坐在水边，无言地注视着面前的流水。 在那种情况下，他有可能重新回味了一段将近三十年的乡间历史。

当他发现在时间上有漏洞时，他几乎是不假思索地推翻了最初几年里的一些墙头。

十四

那些年里，汤丙鹿说他一直从事着上山采药的事业，生生不息的药材及其采集的过程都同样令他心情舒畅，他勤奋地度过了一段烟水浩渺的岁月，甘苦的药草和纯清的水坛常常使他不能自拔，从而忘掉了大量的往事。

我站在空寂无声的故事里，那个年轻的哑巴以一种千年不变的姿势在捣药，久长的药力漫过他的自相矛盾的脸，他身后的月亮有如北宋末年大量运往京城的青瓷挂盘。

在那一起一落的古老的捣药声里，汤丙鹿告诉我，公主多年来一直日复一日地吃着他铺子里的草药。

公主每天派手下的一个小丫头准时来柜台前取药。有时，遇到下雨天或下雪天，小丫头来不了的时候，汤丙鹿就打发年轻的哑巴将公主当日内要吃的几味药全部送去。汤丙鹿曾经不止一次地向哑巴询问过公主所在的那个地方，但他随即又为自己的举动和语言而感到可笑。此后，面对可怜的哑巴汤丙鹿彻底放弃了有关的语言，甚至一些疑问。

"那个地方很远吗？"

我问汤丙鹿。

汤丙鹿说，从哑巴来回的时辰上来看，那个地方的距离似乎并不太远，说不定就在附近的什么地方。哑巴一般情况下总是早晨出发，到太阳落山就回来了。

"哑巴随身带着干粮和水。"

我问汤丙鹿，这么多年你就从来没有在暗中跟踪过哑巴一次吗？你至少应该跟着他看看公主到底住在什么地方。

汤丙鹿说："你有所不知，哑巴有踩水的本领，很少有人能追逐他，这方圆几十里几乎都是水路，他的这一身功夫对药铺的事业至关重要。再说，秘密跟踪一个人只有那种品行恶劣的人才这样做。"

他说哑巴身上的颜色就是民间最普遍最不为人注意的那种极为常见的颜色，这种事情很容易造成那种真假难辨的惑众现象。

我问他："公主每天干什么？"

"养病。"汤丙鹿说。

"通常情形下，公主总在养病。另外，她像是在寻找一种什么东西。"

汤丙鹿若有所思地说着。突然，他一拍脑门，恍然大悟地说道：

"啊，对了，我想起来了，公主是在寻找一处房子，她父亲生前留给她的一处房子。哑巴曾在一张纸上给我画过那种轮廓和格式，我感到那是一座白色的宫殿。"

"宫殿？一座白色的宫殿？现在民间还有那种从前的宫殿？"

我惊讶地问他。

他看我一眼，他说：

"这件事令人难以置信。 至于宫殿本身，更纯属一种神话。 我活了这么大，从来也没有目睹过那种东西。"

这以后，他拉开一个抽屉，从里面取出哑巴画过的那张纸给我看。

那是一张极其平常的包装草药用的黄纸，哑巴在上面画了一些水墨似的线条和图案。 除此以外，哑巴还在图案和线条的四周，在纸的边缘部分记录下他所看到的部分。

哑巴这样写道：

　　这是公主照明用的灯

汤丙鹿将众多难以辨认的药草分门别类，多年来熟练的操作技艺使他产生了一种强烈的睡意。 他的衣服里灌满了风，目光浮泛而分散。 河边风车的转动声惊动了他，一名道士收回了几支伞状的竹签。

平静的捣药声使这位尝尽百草的中医第一次变得烦躁不安。 晚些时候，在药铺后面的那个深幽的庭院里，汤丙鹿伤感的眼神使哑巴在慌乱中用斧子碰响了树干。 汤丙鹿收起了笑容，他说他听到了树木的响声。

我进来的时候，哑巴正坐在一堆颜色纷乱的药草之间难以自拔。 他用一种深长的妩媚的笑容感染了我，这使我对他的性别萌生了疑云。

十五

住在河岸的当地人大都看见过公主手下的那个贴身的小丫头,她十四五岁年纪,从不与任何人打招呼说话。

汤丙鹿坐在他的乌黑的柜台后面,他仔细地翻阅记录在账簿里的如烟的往事。他查阅到了一种现象,在公主吃完第一千四百服药以后,那个小丫头已经有很长时间没有来柜台前取药了。这期间发生了许多的事情。猝然中断的时间使汤丙鹿做出了一个困难重重的笑意。

我坐在河边如画的历史风光中,冥想着有关公主的故事。

我仔细地回忆公主的童年以及前半生的社会背景,我身边败落着许多温柔紫色的花朵,仿佛御史们无数沉重的不眠之夜。我乘坐汤丙鹿装运药材的木船顺流而下,沿河两岸的民间风物一直使我倍感亲切,流连忘返。我坐在船尾,视线内充满了青翠欲滴的稻田和金黄的一望无际的油菜花。

汤丙鹿合上账簿以后,他以为公主遇到了什么意外的事情,或者是那个小丫头患了严重的伤寒致使公主六神无主。于是,汤丙鹿便打发年轻的哑巴带着几天的药一起给公主送去。

哑巴那天捣完药以后,夜已经很深了。哑巴背靠树干坐在一只草蒲团上,他呼吸着浓郁醉人的桂花香气,毫无半点儿睡意。 他看见一面颜色灿烂的铜镜，若干张绚丽而毫无生气的脸曾经在那镜子里闪现过，有些还曾长久地顾影自怜。哑巴睡觉的枕头下有我的一部小说，我把那部小说送给他的时候，书页上有我的署名和当时的具体年代。 我的那部题名为《绳》的小说，正值民间载歌载舞锣鼓喧天地庆祝一年一度的春节之时，我呼吸着漫无边际的香火和酒气，原野里网状的稻田和鱼塘清如明镜，使人回想起整齐规范的春秋战国时期的古老的封田制度。

哑巴那天夜里就一直坐在那棵挺拔的树下，双手捧着那部小说。 青色的月光映照着书中的若干幅插图。 他的思绪玲珑流畅，他身下的扁圆的草蒲团犹如一叶扁舟载着他飞越了民间众多的日常的夜晚。

哑巴上路的时候，天还没有亮，三十里乡间寂静如初。

十六

吴天骑在黑暗中的墙头上，他望见远处的几只红灯笼像水果一样很鲜艳地亮着，他的舌头在黑暗中飞快地跳动着。

吴天望到了一种使他心跳不止的现象，他望见西瓜地里有一把刀，就是民间常用的那种杀猪用的月牙形的刀子。 这个发现使他的情绪久久难以平抑。 吴天剃着光光的一颗头，两只大大的眼睛瞪着，他的腰带上拴着许多只黄白的钥匙，那是一大串徒有虚名的没有锁子的钥匙，住在河两岸的人一直将那些没有归宿的钥匙看成是一群光棍或浪子。 钥匙没有锁子就如同男人没有女人，如同生命没有家园，吴天日夜兼程抚摸那串无家可归的钥匙犹如抚摸他自己的寂寞空洞的童年岁月。"那是一个十分听话的孩子。"汤丙鹿曾这样对我说起过吴天。 回忆早年背景简洁、关系随意的乡间血缘，我是吴发吴天兄弟俩的舅舅。 我现在亮出这把刀子，可能意味着这故事将出现部分的险情或悬念。 在不久的将来，你将目睹那种岁月里的一片紫红色的鸡血。

有关古代小说里卖关子的现象，一直使乡村里的人们感到焦虑不安，说书人一直令善良的百姓们着急上火。 珍藏由沉静的鸡血烧制的著名瓷器是当时的一种广为流行的社会风尚。 那时候，在那种兵荒马乱的年月里，不少人几乎都拥有一些刀子或类似的器具。 因此，对于目前西瓜地里出现的这把刀一直难以做出准确的判断。 既不能随意地暗示这把刀是公主手下的那个小丫头失落的，也不能怀疑是吴发吴天兄弟俩的爷爷送来的，当然，更不能说明是汤丙鹿指使年轻的哑巴送来的。 有一段时间，我怀疑那把刀子是从天上的某一个地方掉下来落到西瓜地里的。 我这么说，只因我曾是吴发吴天兄弟俩的舅舅，吴天看到的那把刀在后来的某一天忽然失手，砍去了有关吴发及其家眷们的所有的情节和细部。 从此以后，那刀便在乡间流传广泛。

自然的现象无法回避。 谁也没有发现，刀背的后面就是那条河，一条在当年的地图上比较著名的河。

需要回味一下那个傍晚的自然气候，许多的东西就包含在那种无法把握的气氛里。 河两岸的人们至今还都记忆犹新地记得出现在那个傍晚里的一些颜色。 天上的云彩稀薄疏朗，像似形影孤单的骆驼或公鸡。 有一种粉红颜色的东西一直流泻不止。 据他们后来回忆说，那个傍晚似乎发生了很多的事情，起因像是由于那天的天空里飘着许多柔软的被褥似的东西，因而天气似乎热过了头。

我怀疑这是一次并不存在的现象，他们虚构了一段历史。 他们运用许多耸人听闻的词语制造了一些夸张色彩很浓的句子，这是一段被无情演绎了的岁月。 实际情况是，那是一个从头至尾都一直平静如水的傍晚。

黄昏降临，住在乡间的人都在清亮的河水里沐浴，吴发及其家眷们也在。

吴发那天的心情比较愉快，他自始至终都一直哼着一种极其温情的江南民间小调。 他抬起头看见了天空里缓缓浮动着的柔软的被褥似的那种东西，他又看见大家浸泡在水中的身体都是蜡黄色的。 他的手有时不小心滑到女人的腋下时，女人就情不自禁地想笑。

吴发为自己的女人搓过背以后，又开始轮流为他的孩子们洗头。

那天傍晚，吴天没有去河里沐浴，他一点儿也没有感到天气很热，他只是感到身上很空很累，嘴里有些干渴。

吴天一个人坐在南方戏园子里的台阶下喝茶。 他注视着杯中碧绿的茶水。 整个晚上，他先后付了三次茶钱。

透过那颜色碧绿的茶水，吴天清晰无比地看见了沐浴在河水里的那些人。 这一瞬间，他感到这茶有一种特别的非同寻常的东西。 他喝了一大口，接着又喝了一大口，但始终还没有品味到那是什么东西。 他看见卖水的那个苍白的老妇人正在旁边吸烟。

后来，他一抬头，便看见不远处站着一个人，一个身披红色大氅的人。

他的脸上有了一种颜色，他喊道：

"公主！ 公主！"

其时，南方戏园子里的锣鼓声响了起来，咚咚锵锵的鼓乐声预示着今晚戏剧的内容和最后结局。 在一阵悠长悠长的胡琴声中，戏园子天蓝色的布景上出现了一座终年积雪的大山，白雪皑皑的山顶上一片寂静。

大雪还在纷纷扬扬地下个不停。 一位年老的仆人带着落难的小姐正在急急忙忙地赶路。 小姐戴着老仆人的粗布的手套，她们的四周白茫茫的，一切都没有。

十七

哑巴送药归来的时候，时间已经是一天中的傍晚了。 太阳早就落山了，各种颜色的虫子飞舞着聚集在河面的上空。

河边停着一只静悄悄的乌篷船。

汤丙鹿坐在河边的一只白色石像前，他的手漫不经心地抚摸着石像的腿和腿上的疤痕。 后来，远远地就看见哑巴踩着水轻飘飘地归来，他便站起身将哑巴带回了药铺。

早上，太阳升起来以后，哑巴已经把药送去了，这在时间上比往常提前了许多。 但是，哑巴很快就发现公主和她手下的那个小丫头都不在，屋里空空的。 哑巴以为她们去散步了，便坐下来等着。

哑巴看见了那只上面盖着瓦片的公主日常里用饭的碗。他掀起瓦片，看到碗里只有一些清水时，就又将瓦片重新盖了上去。

哑巴还看见一把紫色的木梳子上挂着一些白色的和黑色的断发。

哑巴那天就这样长长地等着，盼着。 中午已经过去很久了，公主和她手下的小丫头还没有回来。

这时候，哑巴就看见一只黑色的狗正站在自己的面前。

哑巴不知道这只黑狗是从什么地方走出来的。 他看见这只狗长着一双人的眼睛，一动不动地望着他。

自始至终，那只狗没有叫过一声，只是一动不动地望着哑巴。 哑巴那时感到一种很冰凉的东西流遍全身，他发现他的头发和手指正在慢慢死去，衣服里空空的。 他后来摸索着出门的时候，那只狗仍然一动未动。

过河的时候，他听到从东南方向那一带传来"嗵"的一声闷响，像是有人将一口袋米或面推倒了。

几个月后，我在河边找到了一种怀念色彩很浓的乡村语言。

一些被水冲刷过的青瓦如同一只只洗得发白的帽子，远远地在那里扣着。

十八

十三年后，当吴发及其家眷们的血染红了马车上绿色的篷布之时，在乡间的某一条背景昏暗的巷子里正蹲着一个爆米花的老头。老头背靠着巷中厚厚的青苔，孤零零地守着面前的一堆火。他身边的地上丢散着一些零零星星的雪白的爆米花。

潮湿而阴暗的风从巷子的尽头轻轻地吹过来，掀动了他的裤子，露出他的青铜的假腿和腿部的各种型号的螺丝。

河两岸的人们一直传说这老头的假腿里装有发报机，一直传说他的爆米花的钟表里有定时炸弹。但多年来，人们谁也没有发现，没有听到过那种爆炸时的声响。有一段时期，大家都觉得他的报话机或定时炸弹很可能是坏了，经常看见他一个人独自低着头在鼓捣那条假腿，估计他一直没有修好。

那只油污的压力表在火上来回转动，滴滴答答地响着，十分从容，一点儿也不急，那种状态仿佛一个阴谋的雏形。

十九

吴发是那种旧式家庭里长大的一个本分的孝子，早年间读过几天私塾，有关他的孝顺方面的故事，在乡间一直流传着，成为后来的人教育子女的风范和榜样。

那天天不亮的时候，吴发起来过一次。

睡梦中他听见了"嘭"的一声闷响，随后他就看见天上落雪了，下了很大很厚的雪。那雪片像洁白的羊皮一样从天上落下来，天地间雾蒙蒙白茫茫的。这以后，吴发就见村长的手里提着一面铜锣，一边沿街敲着，一边将百姓们喊醒。吴发听见村长说现在地上到处都铺满了几寸厚的面粉，村长要大家立即带上家里的面盆、口袋、水桶以及凡是能够盛东西的一切家伙出来，地上的面粉至少可以让百姓们度过三五个灾荒之年。

村长说完话以后，就立即提着铜锣回去了。

吴发想，村长一定也是回家找口袋去了。村长虽然缺了一只眼睛，却一向精明过人，善于和各种各样的人打交道。

那时候，村庄里叮叮当当的，人喊马叫，鸡飞狗跳。吴发听见一些人在慌乱中被地上深厚的面粉绊倒了，那纷纷扬扬的雪白的面粉便在转瞬之间覆盖了他们。

过了没多久，先前的那种乱哄哄的声音便没有了，一切都安静了下来。透明的空气里，偶尔响起一两声"嘭"

"嘭"的声音。

吴发重新入睡时，听见门外哗楞地响了一下，响声很轻，很近。

最初，他以为是风把厨房里剖鱼用的剪子刮下去了，所以他就躺着没动，装着仍在睡觉的样子，还故意打了两声呼噜，表示睡得很香。 他这样做的意思是想让他的女人听见后出去看看，可是他听见女人一点儿反应也没有，依然如故地沉浸在昨日的梦里。 他心里有些焦急，便闭着眼睛暗暗地埋怨那沉睡的女人。 这时候，他听见院子里又哗啦地响了一下，还是方才的那种响动。 这次他就感到身体下面湿漉漉的，他再也闭不上眼了。 他的脑子里一下子像豆芽似的冒出了一丛丛颜色灰暗的古怪念头。 那时候，窗户上已经有了一些亮光了。 他匆匆地蹬了一条裤子，又将一件蓝布衫披在身上后，便开门到了院里。 外面什么也没有，一切都和昨天睡觉以前的样子一样。 他还专门留心看了看那把剖鱼用的剪子，剪子原来并没有让风刮下去，仍好好地放在厨房里的一块木板上面。 那会是一种什么东西呢？ 他这样问自己。 他觉得那是一种铁器发出来的声音，一直到现在，他的胸脯里还回响着那种令他耳热眼跳的嗡嗡的余音。 夜里原来并没有下雪。 他回忆起那满地雪白的面粉时，觉得肚子里很难受。仿佛大雾弥天，他产生了一种类似迷路的感觉。 他在院子里无所事事地站了一会儿之后，就感到身上有些发冷，两条腿像空荡荡的竹筒一样，许多日子以来，他一直闲着，几乎没有什么事情可做。 他每天都起得很晚，每天都要看见太阳越过窗户以后才慢慢起来。

他紧了紧身上的衣服开始往回走。 走到屋门口时，他忽然看见窗户下的石台上放着一件东西，是用麻袋片包裹着的。 他看见那个东西后，心里便情不自禁地哗啦了一下。他从台阶上捡起麻袋片时，感到手里沉甸甸的。 他的手抖动得厉害，像几支不听使唤的筷子。 他一层一层地将麻袋片剥开，里面明晃晃地出现了一把刀子，就是人们常用的那种杀猪用的月牙形的刀子。 他被眼前的这个东西吓得有些愣怔，他那时首先想到的一个问题就是很可能有人要杀他，这是警告或暗示。 后来他又想到也许有人想请他去杀猪，但他从来连只鸡也不敢杀。 每年冬天家里杀猪时都要请人来杀，平时杀鸡时，他的女人就自己干。 每逢遇到类似的杀生场面时，他就躲在家里不敢出来，事情过去之后还总要病上两三天，不吃不喝，只是哭，只是昏睡不止。

眼下，他发现自己激动得有些异常，到后来便什么也想不起来了。 他将那把刀子藏到一个草垛下面后就回了屋。他重新躺下后，女人还没有醒来。 他看见女人的嘴大张着，女人的这种样子使他感到非常恶心。

这时候，天已经亮了，院子里一片苍白，河边传来了鸭子的叫声。

他听见院子的西厢房里传出了老式留声机的响声，声音沙沙的。 他听到这种声音后就知道吴天已经醒来了。 吴天一个人住在西厢房里。 每天天一黑，吴天就钻进房里不出来了。 吴发一点儿也不知道吴天一个人在那里做什么。 有时候，他能听见那里似乎还有一个女人的声音，但当他进去以后，发现只有吴天一个人在。 后来，他就深深地感到自己的耳朵和眼睛都不如从前好使了。

他用手指捅捅身边熟睡着的女人，女人睡得很实在。 他使用中指和无名指交替着一连捅了几下，女人才终于醒来。

女人闭着眼，声音模糊地对他说：

"夜里不是刚完了么？ 我不干了，我困死了。"

他见女人又想到那上面去了，就急忙纠正说，"我不是那个意思。 我告诉你，不好了，事情麻烦了。"

女人惊问道："怎么啦？"

他说："院里有一把刀。"

他说："不知是谁放的。"

女人一翻身便坐了起来，将被子披到身上，女人问他：

"切菜刀？"

他说不是。 他说："不是切菜刀，是一把杀猪刀。"

女人坐着愣了半天后，又问他：

"夜里你没插大门？"

他说插了，他说他夜里把大门插得很牢。"问题不是出在大门上。 刀放在院里还不一会儿工夫，我听见声音了，就是那么哗楞的一声。 起初，我以为是风把厨房里的剪子刮到地上了，后来出去一看，剪子好好的，并没有被刮下去，还放在那案板上。 我进屋的时候才看见它，用麻袋片包着，就放在门口的石台子上面。"他毫无底气地对女人说着，他感到自己说得淡而无味，一点儿意思也没有。

他说，那刀就用麻袋片包着。

女人说："你已经说过两遍了。"

"我说过了么？ 我不记得了。"他说。

二十

我见到村长的时候，村长正在河边晒网。

在最初的一些混沌的年代里，村长几乎每天都要大量服用汤丙鹿先生的六味地黄丸。 村长每年里总是用一半的时间打鱼，用另一半的时间晒网。 村长的一只眼睛坏了，他的一生都被密集的网眼笼罩着。

我坐在一块废旧的船板上，努力帮助村长回忆那场铺天盖地的面粉运动，我看见村长的那只独眼里飘荡着一些鱼的身影。 那时候，村长已经完全没有办法进入到那纷纷扬扬的面粉运动中去了。 他说他一点儿也想不起有过那样的一种事情。 最初，他以为我在骗他，玩他，一直都不理我。 后来，大约过了很久以后，他才慈祥无比地对我说道：

"我什么也不知道，我真的什么也不知道。 我的记忆里只有一些渔网。"

晴朗如洗的乡间大道上行驶着那些蒙着绿色篷布的马

车，铃声叮叮当当。 我看见村长用他的唯一的那只眼睛瞄着大道上的那些马车。 他一副若无其事的样子，他的表情告诉我他对那些东西并不感兴趣。 他望着它们，却与它们毫无关系。 它们无论走近或走远时，他都是那种漫不经心的样子。

他告诉我说，他几乎每天都能听到一种霍霍的磨刀声，时间大约是一个时辰。

"知道是谁吗？"我问他。

他说不知道。 说完之后，他又显得有些忧虑不安，他说：

"眼下的季节并不是杀猪宰鸭的时候，我不知道他每天那么霍霍地磨刀要做什么。"

"谁？"

"我是指那个磨刀的人。"

过了好久，他用他那唯一的一只宝贵的眼睛看了我一下，然后说道：

"天下不太平啊。"

一起一落的捣药声从那家淡黄色的纺纱厂后面传来，回荡在河流的两岸。 村长全神贯注地端详着自己的手掌。

我问村长：

"听说你们去年在下河湾那一带打鱼的时候，捞上了一些别的东西，那些东西不是鱼。"

村长听了我的话以后，他的独眼猛地亮了那么一下，他吃惊地问道：

"你知道这种事？ 他们谁告诉你的？"

"我知道公主常派人去汤丙鹿的铺子里买药吃。"我对他说。

村长说，听说公主西那在就流落在附近一带，但是没有人见过她。 当初，她们从城门里逃出来的时候，城墙上守城的军兵们并没有发现她们。 这以前的一切都顺利得让人惊讶。 唯一的毛病就出在后来的那条江上。 她们在江边上了一条船。 她们一点儿也不知道那是一条贼船，也许不是贼船，倒像是专门停在江边等她们似的。 在那条船上，跟随公主的几个老臣全部被毒死了。 我从水里捞上来的东西就是那几个老臣的部分盔甲和一些零碎的衣物。

那条上面晾满了衣服的破木船就是十二月的上旬从江面上消失了的，以后它再没有出现过。 木船消失的那种状态，像一座虚幻的遥远的城池。 在那些夜晚里，在河两岸的上空，总有一个红红的月亮。

我问村长道："你从水里捞上来的那些盔甲和衣物有人看见过吗？"

村长说："药铺里的哑巴好像看见了，我只是觉得我怀疑他看见了，他是不是真的看见了，谁也不知道。 那天，我收网的时候，正遇上他采药归来，他踩着水，走得飞快。 我隐隐记得，他好像那时朝我这边望了一下，谁知道他看到了什么。"

"还有一个人就是吴天。 你知道这孩子因为没有考上那所名牌大学，又不愿出去做事，早在几年前就疯了，变得谁也不认识了。 他经常把他的哥哥吴发认成是他已故的爷爷。那天，他藏在路边的一棵树上，用手里的石头和弓箭袭击路上的马车。 他几乎谁也怕，又谁也不怕。 我路过那棵树下的时候，他正在树上坐着。 他一直朝我笑着，他对我说：'我早就看见你了，你还不赶快拿出来。'他还说他在树上望见远处有一大片雪白的地方，像是宫殿。 有两个人正在那里安详地下棋。"

"我想，谁也不会相信他说的话。"

村长补充道。

村长说完话以后，就收拾渔网去了。

天色临近黄昏，西边的天空里颜色十分灿烂辉煌，绚丽无比。

有一张浸血的牛皮在西天高高地悬挂着。

二十一

那辆满载着女人们的马车是在一个早晨开始出发的。 其时，药铺老板汤丙鹿正站在河边的水车旁狠狠地教训赶马车的焦宝。 焦宝是汤丙鹿手下的二十几个赶马车中的一个。焦宝那时候已经四十多岁了，他平日里从不与任何男人说话、打交道，唯一的兴趣就是与女人们聊天。 焦宝多年来赶着马车跑过许多数不清的地方，乡间的女人们很喜欢听他讲述外面世界里的一些新鲜的东西。 那天，他讲到了外面正在兴起的一种葱绿色的可以做旗袍的布料，这件事引起了女人们的极大兴趣。 于是，女人们都纷纷要搭他的马车进城去。

现在想起来，这件事最大的祸根还在于焦宝。 焦宝那天的全部目的就是想让那些女人坐自己的马车，以消解他旅途中的单调和寂寞。 焦宝让几个年轻漂亮的女人去向汤丙鹿求情，那二十几辆马车全部归汤丙鹿所有。 唯一使女人们感到难以开口的是她们这么多年从没有见那些马车载过人。 平日里，那些马车总是都严严实实地蒙着那种绿色的篷布。 除了一个赶车的和一个押车的外，再没有出现过第三个人。 押车的那个人总是坐在那种绿色篷布的里面，外面只有一个赶车的。

所以，当几个女人找到汤丙鹿要求破天荒地坐一次他的马车时，汤丙鹿立即便明白了，他明白这事与赶车的焦宝有关。 汤丙鹿那天用了一种十分简洁而抱歉的语言对众多的女人说这事情不行，他感觉要出事。

"那么一车女人，全是女人，要不出事才是怪事呢。"

事后，汤丙鹿这样对村长说。

女人中间有一个白脸的女人，头发乌黑，身段匀称，这就是独眼村长的女人。 汤丙鹿当时在人群中也看见她了。 所以，当后来独眼村长亲自来向汤丙鹿说情时，汤丙鹿一点儿也不感到意外。 他知道女人就是水，能溶化世上的一切东西。 他知道任何一个地方，只要出现了女人，那个地方便再也难以像先前那样宁静平和了，迟早总要弄出一些事情来。

村长那天没戴帽子，隔着老远，汤丙鹿就看见村长头上的那道粉红色的月牙形的疤痕了。这现象唤起了汤丙鹿多年来一直尘封在记忆深处的某些东西，有一些依稀的如烟似雾的事物从他的眼前闪烁而过。

村长对汤丙鹿说：

"就让她们坐焦宝的马车去吧，听焦宝说是城里有一种什么葱绿色的布料，让她们去吧，女人都那样。"

"你是村长，我一点儿也不骗你，会出事的，一定会出事的。"

村长说："可以让她们付钱，她们十几个女人都愿意付。"

汤丙鹿的脸有些微红，他说：

"我是为了钱吗？钱算什么东西？多少事都是钱无能为力的。我是不想看到事后的那种场面，我知道会发生什么事。"

村长说：

"就这一回，就这一回了，让她们去吧，这事都怪焦宝那个东西。她们没有到过外面，还以为外面是天堂呢，等她们将来看清了外面的一切，你让她们去她们也不会去了。你和我不就是最好的证明嘛。"

汤丙鹿说：

"女人和男人不一样，女人不行，七十岁的女人也仍然永远处于一种被诱惑的状态中，是水就永远想流，哪怕是一潭死水。"

村长说：

"看在我的分上，就让她们再流一回吧。"

汤丙鹿说：

"你们都不相信我的话，我也没有办法，她们愿意就去吧。"

村长见汤丙鹿终于同意了，就微笑着告辞了。汤丙鹿无言地注视着村长的背影。村长那时正行走在汤丙鹿的视线里，他们的中间是一道污黑而碧绿的水沟。

水沟里浮着几十只鸭子。

哑巴过来了。哑巴打着简洁的手势告诉汤丙鹿车已经全部装好了。

汤丙鹿回过头。

他看见二十几辆满载着中药的马车全都蒙着那种绿色的篷布，停在乡间晴朗的大道上。

二十二

早晨一开始，那个爆米花的老头就挑起他的一副破烂的挑子，一瘸一拐地行走在空寂无人的乡间大道上。

他青铜的假腿长满了绿锈。

大约一个时辰以后，他看见了那座废弃在水边的圆顶的磨坊。

眼前的磨坊如墓，又仿佛流传在水边的一个神话。磨坊的前面有四只青石雕成的石龟。爆米花的老头将肩上的挑子放下来，随手掏出一把金黄的玉米。

运用那些沉默的玉米粒，他仔细地测试了几种时间，验算了几种结果。

几只黄鹂鸟从明亮的稻田上面飞过。南方古老而悠久的风物标志使他倍感亲切，使他老年的心境变得恬淡而舒畅。他想起了一些意境深远的古诗，几幅瘦竹似的插图从远处的一座石拱桥上一一闪过。

他听到了他已逝生涯中的那些沉闷的令人欲哭无泪的爆米花的声响，仿佛他一个人站在一些久远的万籁俱寂的年代里咳嗽不止。很肥的猪从金黄的油菜地里拱落出来，一片芦苇，又一片芦苇，黑白分明的院墙上挂满了数不清的竹笠和葫芦瓢。爆米花的生涯，沉闷而寂寞的生涯，他生命的暗夜里曾经爆出了多少雪白的花朵他早已记不清了。遥望如烟的过去，他一生的全部内容都一片雪白，仿佛农夫独自站在自己的棉花中间。

"农业的故事常常牵涉到农具。"

他独自喃喃说道。午时三刻，他亲眼目睹了马车覆灭的全部过程，他目睹了美丽纤弱的江南女子之血和吴发的状如竹筷的手指和阳具。那个时辰，与他运用玉米测算出来的结果完全一致，他复核出来的时间准确无误。他起身面向北方，朝那座废弃在水边的圆顶磨坊拜了三拜。然后，越过那些青石之兽，他毅然离去。

他听说早年间的那些营造宫殿和庙宇的木匠都提着各自的巨大的斧子，在苍茫的大地的边缘久久徘徊。一路上他看到和经过了无数个古老的铁匠铺和木工作坊，那些门口都摆满了众多的铁锅和椅子。

对于他要去的地方他曾经无数次地梦见过。一位端着菜叶喂鸭子的老太太告诉他，前面没有人烟，前面是一片白茫茫的盐碱地。

二十三

十三年前的那个春天，吴天读完了三义堂书社印刷的《水浒传》的前八十回。吴天装扮成一名剪径的绿林强盗，日夜出没在碧草连天、烟水苍茫的广阔乡间。

在一棵极大的绿杨树上面，他一粒粒地嗑着向日葵，他隐隐地听见那辆满满载着女人的马车正由远而近，渐渐驶来。

他不知道那件事情是怎样开始的，当后来他发现女人们乌黑的长发与马车的轮子紧紧地纠缠在一起的时候，他才觉出事情有些毛病。这以后，他在一处爆过米花的旧迹上看到了吴发的状如竹筷的手指和阳具。

"爷爷！"

"爷爷！"

他趴在吴发的脸前喊了半天，吴发一句话也没有对他说。

"爷爷！"

"爷爷，你摸摸你的那些日常用的东西。"

吴发没有理他。

吴天望着吴发的脸，伸手在吴发的脸上扇了一个巴掌。那一瞬间，他感到吴发的脸很硬，像一块生铁。

那时，附近有轻轻的棋子的碰击声传来。吴天走过去，看到公主和哑巴在一个药渣堆积起的褐色丘陵上下棋。

面对驼色的棋子和平静如水的棋局，公主和哑巴谁也没有理会吴天。

吴天坐在几棵松节上，一边看他们下棋，一边一粒一粒地嗑着向日葵。他把金黄色的向日葵叶片撕下来，一片一片地扔在了那些褐色的药渣上，丢得四处都是。

二十四

下河湾一带曾经是各种农具的故乡。

我乘船到达下河湾的第二天傍晚，天上下起了小雨。在村长的一位远方侄子的带领下，我见到了那张绿色的篷布。

事情已经过去好久了，现在这张绿色的篷布归当地的棉花收购站所有。收购站里的人用它来苫盖收购来的棉花，遮风挡雨。多年以前的那场血流已使它由碧绿变成了紫红色，它像一张坚固耐用的牛皮一样，风吹不破，雨淋不透，结实而沉默。

傍晚的河水从我的面前缓缓地流去，河对岸鲜艳的南方蔬菜和水果叮当作响。

谁也不知道吴发后来是如何出现在那辆满载着女人的马车里的，对于这件已经过去了的事情，大家众说纷纭。有人说吴发是事先将自己与药品藏在一起的，他身上的皮肤就是六味地黄丸的那种颜色。有人说吴发本来就是一个女人，多年来一直装扮成男人的形象。

我希望前一种说法是真实的，正确的。

二十五

十三年前的那个春天风景秀丽，草木疏朗。在与乡间有关的背景后面，两个下棋的人一面嘴里吃着山中的桃子，一面作长久的期待。一颗颗粉红色的桃核被吐出到故事的外面，错落有声地散落在河边。

在下河湾的日日夜夜，我站在一排排各种各样的农具和古代兵器的面前，脑子里残存着一些废弃多年的圆形车轮。

河对岸的蔬菜和水果上挂着成串的露珠，日夜行走在草木连天的想象之中。遥望早年间的社会，记忆中的仓库灰尘如烟，稻田明亮，绿色的篷布缓缓地垂落下来。

在沿河两岸的那些星星点点的村落里，庄客们在乡间的空地上或打谷场上舞枪弄棒，披星戴月。 早年的下河湾，沿袭着那种恬淡悠远的生活制度。

某年某月，一群砍柴归来的孩子在经过民间郎中汤丙鹿先生的墓前时，被几根桃树的枝丫纷纷绊倒在地，那附近还有许多矮小的粉红色的桃树。

那时候，炊烟依稀，河两岸的人们都在烧火煮饭。

那年十二月初四的夜里，河边的一处房子里开了一扇门，那门上绘有鱼的图案和竹林的幽深的暗影。 一个人从那房子里走出来，没有人知道他出来要干什么。 他没穿衣服，脚上套着一双木板鞋，走起来"呱嗒、呱嗒"地响着。 那天夜里他听到了一种读书声，朗朗上口的文字传达出一种淡远的碧绿的意韵，这种显现几乎持续了整整一夜。

十二月初七，读书声渐渐变得微弱无比，河边的打更声由远而近。

十一日清晨，河边飘起了浓郁的煮肉的气息。 一些有亲戚关系和血缘相近的人们互相赠送那种绿色的荷叶包裹着的肉食。

在河边的那座旧磨坊前，等待渡船的人排起了蛇形般的长队。

那只上面晾满了衣服的旧木船是这天的黄昏时分出现在河面上的，其时，河面上十分安静。 坐在河边，只能隐隐地听见从两岸的一些房舍里传出的轻轻的卜卦摇签的声音。

那天傍晚，我见到了一幅难忘的图画：

庄客们举着灯笼和火把，挥舞着形状各异的农具。他们的头顶上方是稀疏的云彩，脚下是遍布着茅草的赤红色土路，是三十里宁静而美丽的乡土。

二十六

日子一天天过去，田野里网络状的水渠重复着同一种画面。

中秋节到来的时候，村长正每天带领大家赶制月饼。他们把柔软的面团捏成了月亮的形状，用以寄托一种怀念和想象。

在我居住在下河湾的那些日子里，民间郎中汤丙鹿死了，他的药铺也因此而散了。村长一边用力揉着面，一边告诉我：

"汤丙鹿临死的时候，一直叫着你的名字，他说他将永远怀念你。"

我看着排开在案板上的那些油汪汪的状如月亮的饼子，村子里的一些女人正在旁边烧火，相互间说着话。那红黄的中秋的火焰使我记起了以前的一些事情。

我问村长：

"他那时还说什么了吗？"

村长用沾满面粉的手指搔了一下眼眶，说道："好像没说，他别的什么也没说。看他的样子，他像是想早一点离去。 你不知道，他当时的表情一点儿也不麻烦。"

"你可以问问她们，她们当初也在场。"村长指着旁边的两个女人说道。

"他喝了一大碗绿茶，那时候他的脸已经全都烂了。"

村长看了我一眼后说道。

村长把手里的一块面平放在案板上，用刀和竹签在上面画出了许多复杂而凌乱的花纹。 紧接着，村长又指着那面团说：

"整个脸都烂了，就像这个样子。 女人们都用新采回来的荷叶给他往脸上贴，但那时已经贴不住了，谁也止不住那种黄水，那黄水就从荷叶的四周往外溢。"

"我见的死人多了，但我从小到大还没见过那种死法。"村长说，"我爷爷死在船上，脚被水泡得又白又大。 我爹死的时候没什么，只是两只耳朵肿了，又红又肿，像是冬天里的两个冻得通红的脸蛋。"

村长把一块面揉得死去活来。

他说："到现在我也不知道那事情是怎么发生的，我不明白那是什么，他的脸上肯定在事先就布置下了什么，或埋伏了什么。"

我问村长：

"那时你看见哑巴了吗？"

村长一惊，一根手指插进了面团里，好半天才拔出来。

"哑巴？ 你说谁是哑巴？"

我说：

"就是药铺里的哑巴，每天在后院里捣药的那个年轻人。"

村长十分茫然地说：

"你说是捣药？ 还有这种事？ 我是头一次听你说，你能给我形容一下那种捣药的声音吗？"

我说：

"就是那种咚咚咚的声音，只是听起来有些空，有些沉闷，声音中有一种距离。"

"我可以发誓我从来没有听到过你说的那种声音，还有那桂树。 我是村长，从小在这里长大，我知道这一带绝对没有一棵桂树，下河湾东南面那一带也同样没有。"

村长望着我说道。

村长开始回忆那个月初四到初五之间的一些事情，他独自喃喃地说着一些什么，他回忆时的眼神如一个迷路的盲人。

第一炉月饼烤出来的时候，村长一点儿也不知道。 女人们围在火炉旁边说着话。 有的女人用手掰开烤好的月饼放进嘴里尝着。 月饼被掰开以后，我看见一种白色的气流从那饼子里飘了出来。

河两岸充满了节日的气息。

村长说：

"我老了，我的记性不行了。 好多事情都乱了，我什么也想不起来。"

"晚上你来吧。 晚上你来这吃饭，顺便看月。 坐在这里看月亮里的东西看得十分清楚，还能看见那里面的草。"

村长说着，拍打着沾满面粉的双手，用他那唯一的一只眼睛传达出一种意思，一种令人温暖令人安心的东西。

二十七

吴天骑在黑暗中的墙头上。

他解下腰带上的那一大串黄白的钥匙，提在手里摇得哗啦哗啦。

他轻轻地喊道：

"公主，我闻见你的药熰了。"

"公主，煎熰了的药就不能再吃了，人吃了就活不了啦。"

后来，他不知怎么就翻到了墙头的那面。 他发现四周一个人也没有，眼前只有几块瓦，都是些很旧的瓦。

二十八

沿着三十里美丽的乡土，我从一些沿河的点着蜡烛的房舍旁走过。

夜晚里很大很圆的月亮照见了河边磨坊前的那几只石

龟。

磨坊的两个侧面都是黑的。

村长已经事先为我准备好了一把橙黄色的竹椅。鲜艳的南方水果和芬芳的月饼堆放在我们的面前和身旁。

村长爱说五谷丰登这句话。

村长说：

"吃吧，这是一个五谷丰登的年代。"

坐在这个地方，容易产生一种虚设的效果，就如同坐在了月亮的附近。

"看见那车轮了吗？那么圆，上面全是一道一道的花纹。"

村长边说边用手指给我看。

"以前，这山上常有两个人在下棋。打鱼回来，站在船头就能看见那两个下棋的人，他们总在吃一种什么东西。"

村长越过鲜艳的水果对我说。

我回忆起汤丙鹿先生早年间优美典雅的书画艺术。村长说他对那些消瘦的舞蹈般的字体至今还一直记忆犹新，栩栩如生。村长还说吴天曾经十分愿意跟随汤丙鹿先生学习写字。这以后，他们相互之间见面的次数比以前越来越多了。吴天一直认为汤丙鹿先生写的字平滑如鱼，吴天在那些年老有一种类似木栅栏一样的感觉。某年春节之时，当汤丙鹿先生写完一幅唐人绝句之后，便问吴天说字写得好不好。吴天欣然答道，好，写得真好。汤丙鹿先生便问他好在什么地方，吴天说，写得真黑，那么黑。 那年的春节之夜，河里漂满了无数大大小小的色彩艳丽的花灯。

鲜艳的水果正在渐渐消逝。

在月亮的附近，出现了一些式样古老的东西。 许久以来，我们一直不知道那是什么。 问村长，村长说是早年间的一些农具和兵器。

中秋之夜，那家淡黄色的纺纱厂里一片寂静。 有关纺纱厂的仓库都建在排水沟的后面，夜晚，河水在月光下如同一条躺卧着的影子。 那些柔软的被褥一样的东西又出现了，它们铺展在大河上面的天空里，很柔软地向远处一点点一点点地延续着。

"后来，不知是哪一年里，山里的花儿全开了，到处都红的红，绿的绿。 你说那种捣药声是咚咚地响，我的耳朵不好使了，也许真的有过那种声音。"村长说。

"有过。"我对村长说，"声音咚咚地响，只是有些空，有些沉闷，还有一种距离。"

"距离？ 有一种距离？"

"距离。 我知道了，那种距离，我明白你说的意思了。"

村长的脸上有些凉意。

我告诉他，有一回我热得不行，汤丙鹿看见了，就让我用手去摸一摸那棵桂树。 他说摸过了，就不会再热了。

我听了汤丙鹿的话以后，就走到了他的那个深深的后院里。 当时我看见哑巴正在那里一下一下地捣药。 看见我来了，他抬起头冲我笑了一下，然后就低下头继续接着捣药。我感到奇怪的是，那天因为天气太热，我根本没有穿鞋，我是赤着两只脚走进那后院里的。 哑巴那时虽然在低头捣药，但是他就知道我进来了。 后来，我就按照汤丙鹿的嘱咐，把两只手放在树干上一下一下地摸。 那棵树果然十分冰凉。不一会儿，我就不再发热了。

"我要说的是那棵树。 你不知道也无法想象那棵树有多么光滑。 两只手摸在树上，就如同摸在一个女人的一条大腿上一样。"我说。

"一条大腿？"村长惊异地问道。

"很光滑的一条大腿，像鱼那样？ 冷冷的？"他问道。

"就是。"我说。

"你的描述使我想起了很久以前的一件事情。"村长幽幽地望着我，缓缓说道，"那件事情，它已经变得那么远了。"

"你注意过没有，你说那个哑巴他像谁？"村长突然问我道。

"像谁？"

"我注意了他好多年，我觉得他不像一个男人，他是个女人。"

"女人？"

"有一次我看见了他的腿，就是你说的那种很光滑的女人的腿。"

"你说哑巴是个女人？"

"我只是这么想。"

我想起了哑巴的那种很妩媚的笑容。那些日子里，他总是那样安安静静，一声不吭地坐在药铺后面的那个深深的庭院里捣着一批又一批的中草药。

村长说：

"你还记得那条排水沟吗？它总是高高地横在我们的面前和中间，造成那么一种距离。"

我告诉村长我记得那条高高的排水沟。我还记得有那么一个爆米花的瘸腿老头在河边的磨坊里住了一夜。第二天他走的时候，天空阴暗，整个民间都在下雨。

村长说：

"我听见了，那天的雨下得很齐。后来他在泥水里跌倒了。"

晚风里弥漫着浓浓的水果的香气，还有一种淡远的中草药的苦味。

"夜深了，我该回去了。一到深夜，我的腿就痛，老了。"村长对我说着话，之后就从那鲜艳的水果旁边消失了。

二十九

那年春天，一个阴雨连绵的日子，我站在河边的那座石桥上，一些满载着石头和干草的木船从桥下驶过。

　　黎明之时，我乘一条木船离开那条河。 上船以后，我看见船上的女人正在船前烧火淘米，她的腰间扎着乡间的那种蓝底白花的布围裙。 有两个男人正在舱里下棋，其中的一位有可能是她的丈夫。

　　船慢慢地行在水中。

　　那时，天还没有亮，两岸的人们睡得正香。

一

　　用手电筒一照，看见至少有六七只附近一带的狗在疏松的白杨木栅栏外面排成十分整齐的一排，黑夜的辽阔的锋刃仿佛截去了它们的后半截的身体，只将剩下的六七个毛茸茸的正朝着院子里的半开的门窗出神的头颅安安静静地摆放在白杨木栅栏的最上面的一道横档上。有一只小狗，看起来可能是其中最小的一只，成天跟在大狗们后面到处乱跑的那种，细细的鼻梁上有一抹白，像是戏里的一个跑腿打杂的孩子，当手电筒的光亮从它那要多幼稚就有多幼稚的脸上扫过时，曾怀林注意到它的那双眼睛竟然害怕地闭上了。黑暗中，曾怀林笑了一下。烟山南麓下的水库那边似乎有马达的声音正在响着，但听上去不是太真切，反倒是雀山煤矿的鼓风机的嗡嗡声更近一些，几十台分别安装在不同位置上的鼓风机年复一年地这么响着，久远而熟悉，早已成为人们生活中的一部分。某一天要是它突然不响了，周围听惯了的人们都会不由得愣一下，会明显地感到少了点什么，有一种熟悉的热乎乎的东西不见了，从日常的生活里消失了。同时，那又好像预示着有什么新的东西要出现吧?

曾怀林熄灭了手电筒, 摸着黑回到屋里。 回自己的家是用不着有光亮照路的。

十几块小学生的橡皮那么大的肥肉正在冒着轻烟的油锅里慢慢地动荡着, 泪花闪闪地游走着, 灼热的高温使它们无法停留在一个地方不动, 而不时地相互交换着位置, 都以为别人那里清凉宜居。 屋里的油烟的气息好似一场盛宴的前夕或筹备的过程, 白杨木栅栏外面的那几只狗就是在闻到这种空气后才从四面八方赶过来, 聚拢在一起的。 没有谁指挥, 都自觉地排列在栅栏外面, 身体的大部分留在黑暗中, 只把各自的头探进来, 有礼貌有信心地等待着, 深深地无限悠长地呼吸着, 那些难以抗拒的用一道又一道的锁子也锁不住的香气从那几道亮着一些微弱灯火的黑洞洞的门窗里又像暗流又像薄雾似的漫泻出来, 又大步流星地朝着栅栏边的它们奔涌过来, 使它们忘记了周围的一切, 变得无比的温驯和乖顺, 身上的野性也不复存在了, 似乎从出生到成长以来它们一直就是这样。

曾怀林很想从热油锅里捞几块正在由纯白色逐渐向浅黄色和棕黄色过渡的油渣让它们惊喜一下, 这么半天它们规规矩矩地排列在白杨木栅栏外面的全部心思和目的也就是这个, 但是不行, 东西太少了。 冬冬还指望着等它们的油被熬榨干净以后用来给他们三个人包饺子呢, 这样的话她说过不止一次, 晚上临出门去医院前还又说了一次。 更何况, 它们是那么多的一群，无论给多少都不够它们分的，零星的几块扔过去，只会在它们中间引发一场不顾一切的撕咬，上演一段景象惨烈的血泪史。 眼前的平静只是一种暂时的假象，只要有一个油渣到来，它们就会迅速地乱起来，不再礼貌和规矩。 他不是没有见过它们在街上为争夺一块裹满尘土的早已完全没有任何油水的枯木般的骨头而进行的残酷的仿佛一场没有尽头的接力赛似的争抢，拉锯战从东打到西，被撕咬下来的同伴的毛和血从南飘到北。 在那个过程中，骨头频繁地易手，在任何一只手里都待不上一分钟。 在那个过程中，总会有几只受伤的力不从心的最先退出角逐，以一种软弱的、失意的旁观者的身份远远地观看一会儿，然后哀叫着逃走，或者黯然地离去。 那块骨头最终将归属于谁，已无须它们再挂记了，因为已不再与它们有任何的瓜葛和一丝一毫的关联。 事情已从最初的那种平等的自然状态一步步地完全演变为强者们之间的争夺和游戏。

夜色中的白杨木栅栏前，那六七个温驯乖顺的脑袋还在静静地有耐心地等待着，等待着奇迹的出现。 曾怀林回头望了一眼，心里不禁涌上一股热辣辣的东西。 它们以为这样就能得到想要得到的东西，收敛野性，释放恭顺，把自己身上最不讨人喜欢的东西一宗一件地深埋起来，接下来就应该能够换来一些什么了吧？

许多人不也是这样的么，包括他本人。

他选择在晚上炼油，是经过了认真的慎重的考虑的。 一来是白天没有时间，但最让他顾忌的还是自己的身份。 别说像他这样的身份，即使是一个没有任何问题的人，叮叮当当地光天化日地在家里炼油，也是会引起周围的邻居们的反感的，不仅仅是因为饱含营养的油脂是一个相当敏感的东西，你在兴致勃勃、得意忘形地炼油的时候，对别的那些没有油可炼的人来说，就是一种再真实不过的折磨和欺凌，等于是把人家的已经结痂的伤口再重新撕开。

二

一年前，在这个举目无亲的小城里，曾怀林忽然凭空有了一位不是兄弟的兄弟——在食品公司工作的杜加禄，对方执意要与他以兄弟相称，曾怀林觉得自己难以拒绝。 以他目前的情况，对方不避嫌，不怕连累，换作别的人会非常高兴的。

那天，曾怀林从宣传队里出来，在一条有着橘黄色围墙的街上，他遇到了正要下班回家的杜加禄。 杜加禄随身携带的用彩色塑料袋编织的篮子里横躺竖卧着几只已煺洗干净的猪脚和一大块还没有经过炼制的原生的猪油，那是食品公司内部的福利，除了临时工，每一个正式在册的人员都有份儿。 杜加禄是曾怀林来到这座小城后最早认识的一批人中间的一个，当初是怎么认识的，曾怀林已经想不起来了。 直到现在，曾怀林偶然想起来的时候，还常常觉得奇怪，食品公司又不是专案组、审干办，自己怎么会认识那个部门的人呢。 自来到这座小城后，真正的肉也没有吃过几顿，怎么竟会一上来就认识了一个食品公司的人？ 人生充满奇遇。

一年前的夏天，在影剧院台阶下面的一个雨水坑旁边，从那里路过的曾怀林被正站在台阶下面等待电影开场的杜加禄大声叫住，在众多熙攘吵闹的等着看电影的人流中，两个人居然不受周围环境干扰地说了好长时间的话，为他们认识以来最多的一次。 杜加禄有一位做大官的远房亲戚，尽管从未见过面，但那也仍然让杜加禄和他的其他亲戚们无论任何时候一说起来就引以为荣。 当杜加禄在那个雨后的夏天一不小心又说出那个光荣的名字时，轮到曾怀林吃惊了，因为那个令杜加禄倍感骄傲的人正是曾怀林的岳父。 就是那一句话，让杜加禄抓住了，抓住后就再不撒手了，你这个兄弟我是认定了。 一个令曾怀林感到惊异和做梦也没有想到的事实就这样突然地以一种同样惊异的方式呈现在他的面前，犹如一条亮闪闪的鲤鱼从幽深平静的水面猝不及防地凌空跃起，把两个人同时都吓了一跳。 茫茫人海，有多少人能称得上是兄弟姐妹？

杜加禄不像曾怀林，他的兴奋大于惊吓。 站在雨后的影剧院的台阶下面的那个清凌凌的能看到人影的雨水坑旁，杜加禄挥动着他那双让所有的猪都感到惊恐和害怕的钢铁般的大手，面孔通红。 世界太大了，大到让本应常来常往的亲戚朋友们之间相互都没有了音讯！ 世界又太小了，一招手叫住一个人，竟然就是自己失散多年的兄弟姐妹。 要说当时的惊讶，应该说曾怀林惊讶的程度更胜于一直在当地土生土长的杜加禄，在这样的一个完全陌生的偏远的小城，在他的发配之地——也许还是最终的老死之地——竟然还能生出这样一层关系，事情本身除不乏离奇之外，更兼有着岁月般的模糊性。

但是，有一个事实却是杜加禄和他的众多的亲戚们至今都不知道的：那个徒具象征性的，甚至比海市蜃楼还要遥远和虚幻的远房亲戚，那个多年来他们一说起来就引以为荣，却从未得到过他一丝一毫的荫庇和惠泽的人，已于一年前的一个雨夜里倒毙在一个农场里。

从此，在这座陌生而偏远的小城里，凭空多出了一对萍水相逢的兄弟。 当然，对于杜加禄来说，这里的一切都是不陌生的，更不偏远，也不小。 以并不算太慢的速度，从城南走到城北的末端，至少也需要一个小时，那还能叫小吗？ 杜加禄给曾怀林位于城北原野上的家里送过两次猪下水，曾怀林让自己的两个孩子冬冬和多多管杜加禄叫叔叔。 杜加禄带着多多参观过食品公司的屠宰车间和坐落于城北末端的冷库。 正是炎热的盛夏七月，冷库的大铁门一拉开，多多顿时觉得自己进入了一个神奇的冰雪世界，巨大的猪肉从中间一分为二，丛林般地悬挂着，上面布满雪白的冰霜。 杜加禄对多多说，这些都是战备肉，不是给一般老百姓吃的。 当天晚上，回到家里以后，多多对曾怀林说：

"怪不得菜店里没有肉，原来都在冷库里挂着呢。"

"以后不许再去给杜叔叔添麻烦了。"曾怀林对多多说，"你去得多了，会让他犯错误。 他要是犯了错误，他们一家人谁养活呢？"

多多不解地看着曾怀林。 一直到临睡前，还在想着那个冰冷的世界。 年少无知的多多，连自己一家人为什么来到这个地方都不知道。 曾怀林熄了灯。 黑暗中，他说：

"睡吧。"

作为回报，曾怀林有什么可送给杜加禄的呢？ 他带着杜加禄去宣传队看过一次彩排。 由于杜加禄的表现，那也成为仅有的一次。 看到高兴之处，坐在下面的杜加禄突然情不自禁地哈哈大笑起来，声音响亮而又没有遮拦，让台上的几位演员也都愣住了。 筹备了一个多星期的彩排以一种意想不到的方式被打断了。

"那是个什么人？"宣传队的负责人魏团长恼怒地问道，"谁让他进来的？"

"对不起！"曾怀林说，"是我的一个远房兄弟。"

"亲兄弟也不行！ 这里是一个文化阵地，不是茶馆。"魏团长说，"以后没有我的允许，谁也不准随便把什么乱七八糟的人带进来。"

三

几天以后，曾怀林正在院子里晾衣服，刚从冷库那边送货回来的杜加禄突然出现在那道疏松的白杨木栅栏外面，大声地对曾怀林说：

"你们那些节目——真是笑死人了！"

听到杜加禄旧事重提，且说出的又是这样的话，曾怀林的一双手僵在胸前。不应该呀，他想。怎么会是这样的一种"笑死人"的效果呢？三分之二以上的节目都是相当严肃正经的革命题材，中间是穿插着几个欢快热烈的小节目，但也绝非喜剧甚至闹剧，怎么就会笑死人呢？这与筹划这台节目的初衷是完全不符乃至背道而驰的。那天看彩排的时候他突然哈哈大笑，曾怀林就感到自己像一只惊弓之鸟。杜加禄到底是用一种什么样的眼光和心情去看待并理解那一切的呢，以至于在庄严肃穆中情不自禁地笑出声来？一半以上的节目都是由曾怀林执笔的，当然主意是大家出的，精神来自上级，他更像是一个抄写员。四个老汉学《毛选》，四个老汉本不识字，都是货真价实的睁眼瞎，却硬是凭着他们的热情和坚定的信念把几本书都学完了，大部分人还学了不止一次，学完后还要互相交流探讨，事情本身极富传奇色彩和教育意义。节目的内容不断地被修改，三天前被砍掉的东西，三天后又重新回来，且不知怎么就一下身价百倍，像贵宾一样受到重视，又如同还乡团一样不饶人。在那整个反反复复的过程中，有谁像杜加禄那样响亮而又放肆地笑过吗？印象中好像没有。望着杜加禄乘坐着卸完货以后显得空荡荡的三轮脚踏车渐渐远去，望着城北一带细瘦的街道和一到夏天便有野花摇曳的原野，曾怀林站在院子前面那道象征性的实则根本无力抵挡任何一种凶险事物入侵的如同一道虚线一样的白杨木栅栏前，手上滴着水，他忽然感到身上的某一个地方十分刺眼地亮亮地闪了一下……他终于想起来了，在整个执笔过程中，他本人不也数次笑过吗，只不过不在脸上，也不在声音上，更不像杜加禄那样暴露和没有遮拦，而是在心里笑得泪光闪闪……以他目前的身份和处境，那只能是他唯一的方式。

现在再想起来，杜加禄并不是在无缘无故地傻笑，也不是对文艺完全不懂。

锅里现在炼制的这些油就是杜加禄送来的。

除了正在炼制的这些，另外一块雪白的质量上乘的板油也得益于杜加禄的帮忙，不过，那块板油他是付了钱的。在得知杜加禄把钱交到公司财务科后，他的心里得到一些安宁。

要不是因为冬冬和多多，他是断然不会接受杜加禄的馈赠的，那种如同缝衣服一样努力连缀起来的关系，无论从哪个方面来看，也许更像是一种戏剧关系。他不知道它什么时候会变得更加结实，或者突然绷断，任何一种结果都在情理之中，他都能够理解。 目前他只能像看着一个他完全不了解其性能和使用方法的带有一定甚至相当危险性的装置一样小心地看着它，看着它成天荡来荡去，有时忽然不见了，但过些天就又出现了，没有人能看得见它，只有他本人能感觉到它如同一根悠起来的跳绳一样，有时绳子的一端从手里脱落，会打酸他的眼睛，酸痛得让他掉泪。

两个孩子明显的营养不良，尤其是冬冬，十七八岁的大姑娘，按说正是蓬勃向上，如同早晨的太阳一样青春明艳的时候，可冬冬却是那么的瘦弱和单薄，脸色也时常呈现出苍白之势。 根据曾怀林的细心观察，如果不出所料的话，冬冬的那羞于启齿的月经也应该是极不正常的、不规律的。 每个月总有一段时间，做父亲的会注意到女儿的眉头是紧锁着的，本来就瘦削的脸色也比平时更加难看，没有光泽，黯淡甚至灰暗。 所有那一切的麻烦和不顺利，都是冬冬一个人在无声地承受和解决着，不到大难临头，她是不会告诉曾怀林的，因为他是一个父亲，还是一个男人。 哪有女孩子和自己的父亲谈论那种事的？ 尽管那不是什么不能谈的。

要是明训在就好了……曾怀林经常这样想，尤其是每个月里当冬冬最痛苦的那几天，他会更加思念明训。 女儿看上去像个遭了灾的灾民，要是她的母亲还在，一定不会是现在这样。

冬冬使用的那种粗疏的黄纸丝毫不具有柔韧性，更谈不上绵软和舒适，上面还残留着造纸过程中未能得到转化的草秸，冬冬把它们放在一个抽屉里。 东汉的时候就开始造纸了，距今一千六七百年过去了，没想到它们还是像树皮一样硌手，甚至远没有某些树皮的光洁与细腻，如果用它们为婴儿擦拭眼泪，一定会在拭去泪珠的同时又划出血痕。

在国营第二副食店出售饼干的糕点组副组长冀有为告诉曾怀林，在所有的草纸里，莎草纸是相对来说最软和的一种纸，不像别的纸那么硌手，摸上去如同摸在沙子上一样。 在冀有为的帮助和协调下，他们谈话后的第三个星期天，曾怀林买到了两刀莎草纸。 回到家里后，他按相同的尺寸裁好，然后把它们放到一个公用的抽屉里。

一个月以后，他看到他裁好的那摞莎草纸被小心地用去了一些。

站在那道疏松的白杨木栅栏前，望着东边的树林和内城里隐约可见的街道，曾怀林在心里说道："明训，我终于替你为咱们的女儿做了一件事情。"

多多的脸上出现了一小片一小片的白，按当地人的说法，那正是一个孩子健康成长的证明和标志，证明他正在一天天地长大，与营养没有任何关系，每一个孩子都会有那样的一个时期，有的甚至会持续到二十多岁。 住在距离他们不远处的许大姐对曾怀林说，多多的脸上要是没有那些现象，那倒要你操心了。

曾怀林大部分地接受了许大姐的说法。

那块像雪一样白的质量上乘的板油，曾怀林实在不忍心把它们炼成油，像那样的板油，一头猪的身上也没有多少。曾怀林决定把它们当作肉来吃。

自从有了那个决定以后，他却时时担心，怕自己会突然反悔、变卦。终于冬冬的生日到了，他不用再担心了。冬冬生日的那天中午，他向魏团长请了一会儿假，破例提前一个小时回到家里，在木板和塑料搭成的小厨房里心情愉快地奋战着。把板油切成细丝或者黄豆大小的丁儿，然后裹到一个个面团里，烙成一张一张的饼。一张又一张的香气袭人的油光发亮的饼烙出来，让他忘记了多年来的许多事情。与此同时，他还惊讶地发现，只有板油，才会有如此的效果，要是把板油换成精赤的瘦肉，或者其他别的什么油，很难说会是一种什么样子，他完全没有把握。

中午，当两个孩子回来，一推开那道疏松的白杨木栅栏走进来以后，立即都闻到了。

他们惊讶得不敢相信。这是他们来到这个偏远的小城以来吃过的最好的一顿饭吗？两个孩子都认为是。曾怀林让他们回忆一下三年前的一个秋天的中午，但他们怎么也想不起来了。也许他们想起来了，但时光早已把一切都冲淡了，当初的浓烈烟消云散，变成了一种似有似无的极不真实的印象，若没有人再提起，恐怕永远不会再想起来。

"糟了！"吃了一会儿，冬冬突然站起来说，"只顾咱们吃，把我妈忘了。"

"你吃吧。"曾怀林对冬冬说，"她已经有了。"

　　在母亲的一幅照片前摆放着和他们一样的饭，早在他们姐弟回来之前就已经有了。那张照片是她生命中最后的几个月里由城南照相馆的王东京为她拍摄的，当时没有任何征兆，谁也不知道那竟会是她的最后一幅影像。经验老到的王东京从她一进来就在逐步调整她的表情，有分寸地诱导她微笑，不时地说出一些出其不意的词和短句，绝大多数的人都会在那个时候忍不住微笑，甚至放声大笑起来，但她始终没能笑起来。她的漠然和不为所动，使得王东京那个没有什么事能够难住他的老江湖也极为少有地对自己的经验和手段产生了怀疑，使他不再像一开始他们刚从外面进来时看到的那么志得意满，而开始变得有些沮丧甚至无精打采。后来干脆把自己的那张因遭受意外的打击和挫败而变得异常委顿的脸隐藏在那块陪伴他见识了无数的人和事物的黑布后面，只把一只捏着橡皮球的手露在外面，在那块黑布的衬托下，像是一只苍白无血的死人的手。

　　多多所在的学校的班级里有一个很厉害的大胖子同学叫二和尚，比一般的同学高出整整一个肩膀，两条胳膊像别的同学的腿，没有一个人不怕他。但自从吃过多多送给他的一块板油饼以后，二和尚如同脱胎换骨似的变了一个人，不仅不再欺侮多多，还把多多当作了他的朋友和兄弟，多多有事时，他会挺身而出，用胖大的身躯把多多罩在后面。二和尚的目光像他的身躯一样不短小，他坚信多多他们家不可能就只吃一次板油饼。有一个星期天，二和尚竟笑眯眯地出现在他们的院子里，还蹲在那道疏松的白杨木栅栏前，帮助曾怀林劈柴。边塞小城金色的阳光洒在他那佛一样的身躯上。力大无穷的二和尚，一个比水桶还要粗的树墩子，几下就被他劈开了。曾怀林发现，二和尚原来是个憨厚热心的孩子，并不是传说中的凶神恶煞，恶和尚。下一次，一旦再烙板油饼的时候，是不是把这个佛一样的孩子也一并请来？

四

鼓声又响起来了，没有任何过渡地把先前一直响着的胡琴声压了下去，仿佛压进了深深的地里，让它永世不得出头。两位琴师见怪不怪，早已习惯了这种声势上的压迫，不再把那当回事。他们手里的弓弦还像一开始那样梦游般地来回扯动着，目光如同飞累了的蝴蝶一样，先停留在那只红彤彤的鼓上，不久又落到打鼓的人的手上和脸上。隆隆的鼓声从宣传队临时占据着的那个至少有一两百年时间的青砖青瓦的院子里出来，从那些严重剥蚀的像铁一样黑的木头和砖瓦之间出来，然后在门外那条有着很大坡度的街上奔跑起来。在从育红幼儿园的门前经过时，让里面的数十张小脸一瞬间一齐转了过来，集体望着他们那个每天几次进出的大白天也实在应该点灯的黑洞洞的门廊，有的已经从自己的小板凳上站起来了，但很快又被老师的吶喊声按了下去。老师说，谁站起来谁就不是好孩子，将来想成为革命的接班人，门儿都没有! 有的人，闹不好还要变成人民的敌人。

在从国营理发馆的大玻璃窗户外面经过时，一个在理发师的手指和剃刀下面像地球一样转来转去的脑袋想把他的好奇的目光投向窗外。 理发师腾出一只手按住那个不安分的圆球，低声说道，别动，小心刮破了! 刮过一刀后，又说，没有什么。 是宣传队在排练。

隆隆的鼓声穿过光秃秃的十字路口，穿过蔬菜公司的一片病歪歪的几近荒芜的试验田，往飘扬着彩旗的兽医院和人民医院那边去了。

初到这座偏远的小城时，至少有几个月的时间，或者更长一些，曾怀林难以适应那咚咚作响的鼓声。 每当它突然响起来的时候，他都会受到不同程度的惊吓，有时在睡梦中猛然坐起来，茫然失神地环视着黑暗的房间和尚未有曙光浮现的窗户。 掀起窗帘向外面观看，大地一片漆黑，黑暗像人间的桩桩罪孽一般深重；又看见那道不具有防贼功能而只徒有象征色彩的白杨木栅栏静静地横亘在院子的前面。 从那个一两百岁的院子里传出来的鼓声之所以这样让他惊恐不安，只是由于他总是把它与战备和战事联系起来，从而完全忘记了它真正的作用和意图，忘记它只是在宣传，在教化，以及附带而来的娱乐作用。 鼓是宣传队的鼓，锣也是宣传队的锣，他本人更是宣传队的人，鼓声响起来的时候，就像自己家里的锅被勺子敲了一下一样，就像自行车胎突然爆了一样，真不知道他有什么好怕的。

就算是那鼓声真的与战备战事有关，那也完全不需要他这样的人半夜坐起来，一个人苦思冥想。 城北四十里以外的树林子里布满了灰绿色的军用帐篷，战马嘶鸣，披着绿色伪装的坦克在原地发动，在原地做梦，那一切难道与他有关吗？

直到一年以后，他才终于习惯了。

每个月的最后一个星期二，他都要撰写一份关于他本人的思想汇报，重点写清已逝的这一个月内的思想轨迹，新出现的（包括好的和坏的）苗头，对国际国内形势的认识与理解，在最后一个星期六之前上交。 这一点也是他区别于宣传队其他人的地方。 别人不需要一月一次地写这种汇报，只要能把唱词记住，保证声音不太跑调就行啦。

也是在一年多以后，原来一个月一次的思想汇报忽然被改为一个季度一次，他骤然觉得身心两方面都轻松了不少，这是否意味着他的问题从此变轻了呢？ 不然在这件事情上又怎么能解释得通？ 得到通知的当天晚上，他用素馅给两个孩子包了馄饨。 整个过程中，一种久违了的喜悦之情一直都在他的眉目之间驻留不去。 在那道疏松的白杨木栅栏的下面和周围，春天已悄然来临，浅绿的小草已钻出地面，羞怯地打量着这个陌生而无限未知的世界。

然而事情却并不像他想的那样。 真实的原因是文教办公室由于人手不够而不得不削减甚至放弃一些原本应该由审干办公室负责的事情，其中就包括类似曾怀林这样的按期按时从社会的各个角落里汇集上来的思想汇报一类的东西。 文教办公室的大部分人都被抽调出去，只剩下一个处理日常事务的眼睛严重近视的却又一向自以为心明眼亮的仝干事，实在看不过更多的东西。 即使是改为一个季度收集一次，到时候仍然能聚拢来相当多的内容。

也许是稍显轻松的原因，改为一个季度汇报一次后，曾怀林渐渐地喜欢上了这个大多数的时候显得有些冷清的小城。 晚上七点钟以后，街上就基本再看不到人了。 要是冬天的晚上，五点以后就没什么人了，因为那个时候天已经完全黑了，但是街上的灯还不到亮的时候。 按照规定，七点钟以后才会亮起街上的灯。 几条主要的街上，各有几盏颜色青灰而又模糊的路灯。 宣传队所在的东街上由于街道不够长，整条街上只有一盏路灯，形状如同地质勘探队队员所戴的那种帽子，挂在体育运动委员会山墙后面的一根松木杆子上，所发出的光也像别的街上的那些灯一样青灰而又模糊，连偶然路过的行人穿着什么颜色的衣服都看不太清楚，只能看见有一个人在青灰的街景里走着。 两个人在路上偶然相遇，彼此看到对方的脸都是青灰色的，各自都是一副死相，就像舞台上的那些血债累累的敌特和逃亡的地主。 你看别人是那样的，你在对方的眼里也是一样的，甚至会比对方更加可怖。 荒草在颓败的城墙上不由自主地摇晃着，干枯的腰被迫弯下去以后，好半天才能再直起来，有的却再也直不起来了，因为在弯下去的同时就已完全断了。 无数次的偶遇和默默的注视，使曾怀林对"折腰"一词有了更深一层的认识和理解。何为折腰？ 去颓败的城墙下看一会儿就会明白，顺势倒下，然后再想办法起来。 大风来临，暴风雨骤至，鲜有能保持独立者。

　　沿街上的一些店铺和住户都上了深绿或者褐红色的护板，有的护板后面传来人的说话声和咳嗽声。 每次在这样的时分回家，曾怀林都会在无边的平静中感到一丝暖意，尽管街道是那样的狭窄而凄清，尽管他完全不熟悉那些护板后面的说话声，更不清楚所说的内容，尽管这座偏远的夜幕落下后的小城有时看上去更像是一座荒凉的鬼城，尽管这样说未免有些尖刻。 但他的心却是出奇的平静。 命运的马车把他卸到这座此前从未到过的小城后，并未放松对他的驾驭，他仍然处在被掌握之中。 好在他能够明白，并不是只有他一个人是这样的，从某种意义上来说，其实所有的人都活在一种枷锁或布局之中，所不同的只是形态上的明暗之差。 有的人因此就自以为无羁无绊，天地之间一狂人，那只是由于他未曾注意到那种伪装成自然色的巧妙布局，形态分明的利器也不曾向他迎面打来，这直接导致他浮华、轻佻、狂妄无礼。当地有一句谚语，大意是说，没有被马踢伤过的人，永远也不会知道童尿的宝贵和神奇。 曾怀林曾经也是这样认为的，就以为只是一股简单的七岁以前小孩子的尿，直到见识了那件事以后。

五

那还是他们刚来到这座小城后不久，由于内城里没有他们的住处，他们一家人被安排到城北一带开阔的原野上。有两间六成新的房子，房前屋后交错叠印着好几条发白的羊肠小路，那就是他们的新家。一家人第一次在那里生火做饭的时候，门口突然来了好几只野狗，伸着舌头，摇着尾巴，看着他们锅里的饭。在不远处的紫色和黄色的灌木丛旁边，毛色灰黄的野兔将身子直立起来，也在观察着他们的一举一动。

周围一带还有一些身份含糊的人家，好像都没有明显的职业。大声说话的男人，声音清脆的女人，时常挂着拐杖，手搭凉棚朝远处的路上久久眺望的老人，鼻子下挂着鼻涕的孩子。有马，有手推车，有自行改造过多少次的外表已经很不像自行车的自行车。有一户姓胡的人家居然还养着鸡和羊，鸡不是用来吃的，主要是依靠它们下蛋，公鸡则用来报时，周围的老人们都以它的叫声为指南。羊叫苏联羊，身高体壮，身上的毛像外国人的头发一样卷曲得很厉害，看上去又浓又密地翻滚着，一对角弯曲得如同两张坚硬无比的弓，那也是它们用来自卫和进攻的主要武器，叫起来的时候粗犷有力。

养马的那个人叫老宋，马当然不是他的马，是公家的马。 据说还没有马高的时候，他就已经能骑着马到处跑了。
可是有一天，自以为了解马比了解他的亲戚朋友们还要更深
一层的老宋却忽然被一匹马踢伤了，昏迷不醒。 那时候，曾
怀林正在学习用当地的材料和方法生火，烟雾中看见老宋家
里的两个女人披头散发地朝这边跑过来，其中一个女人的手
里还端着一个空碗。 曾怀林从烟雾中站起来，两个女人向他
说明了她们的来意：老宋被一匹马踢坏了，已经人事不省，
急需灌下一碗七岁以下的男孩子的尿。 她们从家里一出来就
往这边跑，是因为她们知道曾怀林的家里正好有一个那个年
龄的孩子。

　　有这样的事？ 曾怀林惊讶地问道："小孩子的尿也能治
病？"

　　"能！"两个女人异口同声地说道，"别的还不行呢。"

　　"可是，"曾怀林用手指了一下正在房子的一侧用一把小
铲子铲土的多多，对她们说，"他已经八岁了。"

　　听到曾怀林这样说，两个女人愁眉苦脸地互相看了一
眼，相视的结果是没有结果。 很快，她们又把她们的那种哀
愁焦急的目光落到了正在房子的一侧铲土的那个孩子的身
上。

　　"八岁也行！"年龄稍微老一点的那个女人忽然语气坚定
地对曾怀林说道，"八岁和七岁有啥不一样呢？ 都是一样
的。"

　　"行，那就让他给你们尿一点吧。"

曾怀林把多多叫过来。看见两个女人像传说中的夜叉一样在家门口站着，她们一个手里端着一只碗，另一个手里虽然什么也没有，却也像端着一个东西似的。多多感到紧张而又神秘，他有些害怕地看着她们。

一个女人蹲在多多的面前，把端着碗的手臂伸出去，等待着。另一个女人弯下腰，帮助多多解裤子。不久以后，她们拿来的那只碗里便有了清澈的大半碗。还有亮晶晶的一滴没有滴下来，老宋的女人先是用碗的边沿，后来又用另一只手轻轻地碰了一下，终于把最后的一滴也都收到了碗里。

"老宋有救了！"

两个女人保护着那只碗，急急忙忙地走了。她们离去的时候，西边的夕阳正在坠落，城北一带开阔的原野上像是镀了金，抹了红。一匹马静静地站在一个石头槽子前，既不吃草，也没有饮水，脸朝着往东去的一条路。正是它不久前几乎把它的主人踢到另一个世界里去。

第二天，老宋就已经能出来走动了，披着衣服，和昨天踢过他的那匹马站在一起。

"真是个傻货！无论踢谁，还能踢我？……我对你多好呢。"

在草地上走了一会儿，可能是觉得刚才的话说得有些不妥，于是就又说：

"谁也不能踢。踢坏了别人，比踢坏我还要麻烦呢，还不如就踢我算了。"

　　一个月以后，在老宋的帮助下，三道散发着树木清香的白杨木栅栏从东、南、西三个方向把曾怀林的那两间从前不知是什么人住过的房子围了起来。活儿主要是老宋在干，从四处收集木头，到锯、砍、削、钉，曾怀林只能做个助手，协助老宋丈量尺寸，把锯子换成斧子，像手术室里的一名递剪刀、拿纱布的护士一样。做那些事情，老宋熟练极了，一看就是内行，对每一步都烂熟于心。

　　栅栏全部钉好以后，门前的那片荒草萋萋的旷野突然就变成了他们的院子，而不再是一块无主的任人践踏的荒地，这样的变化让他们一家人都不禁有些心潮起伏，都在刚刚诞生的白杨木栅栏前不住地走来走去，感觉就像在做梦。昨天还有牛羊或零散的背着包袱的行人从他们的窗外经过，今天却再也不能够了！只能隔着那道白杨木栅栏，远远地望一眼那几扇已有了相当距离和秘密的门窗。那里面的人在做什么，在说什么，外人再不大能够看见。如果再把门窗紧闭，拉上窗帘，那就更像是一个永久而真正的秘密了。

　　这就是家呀，这就是传说中的家园呀！这就是世人时常挂在嘴上、写在笔下、映在梦里的家园呀！站在推开的窗前，望着外面那片由白杨木栅栏围起来的似乎一瞬间便私有化了的小块的荒地，曾怀林一遍一遍地这样想道，一家人也都这样想。世人所指的家园无非也就是这样的吧？只不过有的场面更宏大一些，其间的门户更幽深更复杂一些，年头更久远一些，除此以外还有什么不同呢？相当长一个时期以来，他们谁也不记得那个词，也没有与那个词有关的一切概念，反复无常的血淋淋的斗争让许多活生生的东西都像沉渣一样退到了无边的黑暗中，有的永不再泛起。现在，疏松的白杨木栅栏象征性地将他们这一家人与外界隔开，使他们清晰地觉得他们的这个家也已经有了点儿家园的模样了。

尤其是两个孩子，已经很晚了还沿着木头味十分浓郁的栅栏跑来跑去，他们觉得是在自己家的庭院里生活，而不是在没有遮拦的旷野里像野孩子一样奔跑。野狗也不再在他们的窗户下跷起一条腿撒尿了，这个现象是多多最先发现的。此外，也再没有形迹可疑的陌生人蹲在他们的山墙下面深一口浅一口地吃干粮了，一边费力地嚼咽着，一边向四周惊恐万状地张望着……星星浮现在深蓝色的天幕上，有的独自躲到一边，有的连缀成一片。

一年以后，在东西两边的栅栏前又各出现了两棵树。两棵夹竹桃树，两棵无花果树，都是老宋不知从什么地方移回来的。这四棵树给曾怀林带来了许多意想不到的乐趣和慰藉。每天从内城里走出来，来到城北一带的原野上，尽管有那么多的树丛和灌木，但他还是一眼就能看到自己院子里的那几棵树，白杨木栅栏浅浅地拦着它们，证明它们不是旷野里的无人照看的植物，而是属于那个院子里的几株年轻的生命。两个孩子没回来的时候，曾怀林先把饭做好，然后坐在树下，一边等他们回来，一边在树荫下想一些事情。有时会有一两只鸟飞来，落在夹竹桃的树枝上。他从下面仰起脸，小心地看着，看到它们身上的那些嫩绿或鹅黄的地方，像是在预报着春天的到来。每次看到时，他的心跳都会加快，心头不禁一热。

"春天好！"他觉得它们在这样对他说。

六

从城北的原野上往城里走，有很长一段路没有路灯，一直到过了三义店以后，才能看见三十米以外的一盏灯。在没有月亮的晚上，这一段路黑得令人窒息，仿佛是人间以外的另一个幽深未知的世界。冬冬在人民医院做实习护士，每天去医院都必须经过那一段黑暗的路。在那些漆黑的夜晚或黎明，曾怀林送冬冬去值夜班，陪她走过那一段最黑暗最荒芜的路，然后在三义店一带分手，因为再往前就开始有路灯了。过了十字路口，一直到西大街上的人民医院，街上再没有太黑的地方。看着冬冬的单薄的身影穿行在灰白的街上，直到她从十字路口那里往西去了，曾怀林才开始回家。越往城北走越黑，但黑暗只让他感到平静和幸福，因为冬冬现在正走在一条有光亮的路上，尽管那光亮灰白、黢青，非自然的光。

有时他会提前几分钟甚至几十分钟来到三义店的那道锈得已看不出任何字迹的铸铁拱门下，站在那里等着冬冬回来。七十多年前，三位意气和志趣相投的朋友共同建起了这座专为苦力，牵骡子的脚夫，怀揣着诉状和冤屈的上天无路入地无门的人，马车夫，帮人打墓的，砌烟囱的，甚至皮匠、毡匠或当天赶不回去的小商小贩提供食宿和草料的店，花一两角钱，住一夜。 经过无数的战乱和政权的交替动荡，竟然奇迹般地一直开到了现在。 大店内比一个篮球场还要大的通铺和院子四周的马厩以及草料槽还是几十年前的样子，水井也还是七十多年前的那口水井，只是铸铁拱门上的那三个凌空嵌着的用铁皮刻就的字已看不清模样了。 到夜里，店内炉火熊熊，十几个灶台，每一个灶台上都摞着十几层高的蒸汽弥漫的笼屉。 马厩里的骡马也像它们各自的主人一样慢慢地嚼着，此前，它们已在井台边喝足了水。

一盏盏昏黄的马灯在黑暗而辽阔的院子里游动着。

从三义店往南，路灯依次亮着，街上笼罩着灰白的青光。

从三义店往北，一路漆黑。 曾怀林就是从那条漆黑的路上来的，像是明显的阴阳分割的两个世界，曾怀林时常觉得自己就站在那两个世界的分界线上，左手为阳，右手为阴。他在这里等待冬冬，等待自己的女儿，每一回都觉得这是命运赐予他的一种福气，而不是一个父亲的责任和义务，茫茫历史，大千世界，并不是谁都会有这样的福气的。 就在那种半明半暗的寂静中，冬冬从光线晦暗的十字路口上出现了，然后一路走下来，隔着老远就看见有着昏暗灯火和隐约人声的三义店的附近有一个模糊的身影伫立在那里。"爸爸！"她叫道。 很快便以比她的声音略迟一些的速度来到他的身边，一只手挽起他的胳膊。 他闻到她身上还有医院的气息，是酒精和来苏水交相混合的气息，有时候，连漆黑强硬的夜风也不能将它们从她的身上全部清除。 父女俩离开有亮光的街道，朝着黑暗中的矮小的时常在它的一侧张贴着打了红钩的判决布告的北门走去。

出了城，便是草木森森的原野，蒲公英和矢车菊的苦味，猫头鹰悠扬的与生俱来的叫声从针叶松和水曲柳的领地上穿过。 冬冬告诉父亲，以后不要来得这么早，因为她每一次都不一定能够按时出来。 曾怀林说，他也并没有闲着，他在看住在三义店里的那些人和车马。 那里面热闹极了，那是又一个社会——一个基本平等的社会：很少有人认为自己比骡马更高明或更高贵，而骡马们所受到的招待也不比它们的主人差，金黄的干草，清亮的水，打扫得很干净的马厩。 人又能吃什么，能睡在什么上面呢？ 有相当一些人不吃店里给他们准备的热饭，而是找一个角落，悄悄地吃自己的那点冷硬的干粮。 为什么要躲到一个角落里去吃呢？ 因为有些干粮实在拿不出手，冷硬还在其次，最主要的是不太像人吃的东西，或黑红的一块，或灰色的一坨，或乌紫的一团，或黄沙般的一捧。 有些胆大的，脸皮厚的，还会借用店里的火烤一烤。 要是一个脸面薄的，连烤也不敢烤，还觉得也不值得烤。

原野上的那一扇透出微弱的昏黄亮光的窗户就是他们的

家，白杨木栅栏深深地扎在土里，远看却像是浮在半空中的，泛着一种青幽幽的暗白的光，它们让一家人不再有最初的那种裸露在外的感觉。 夜里关好栅栏上的门，悄然进入梦乡，真的就像是栖息在古老而熟悉的家园里，而不是睡在一个陌生的原野上。

事实上冬冬和多多两个孩子很快就把这个白杨木栅栏围起来的院子当成了他们的家，每天从外面回来，一走进那道白杨木的栅栏，就知道到家了。 冬冬的手帕晾在栅栏上，多多的石板石笔立在夹竹桃树下，反倒是他们这两个大人迟迟对这里的一切还保持着相当的距离和警惕。 每一个成年人的内心里都筑有一个顽固而冷漠的堡垒，而筑成每个人心里的那个堡垒的材料和动因又各不相同，这是曾怀林在以往漫长的岁月里从未意识到，而有一天在送走一个形迹可疑的上门讨水喝的、火枪枪尖上挂着一只灰黄色野兔的人后，他独自一人站在白杨木栅栏前眺望着那个人的踪影时突然发现的！发现自己的内心里有那么一个东西，不知是何时筑起的，看样子并非短时间内才有了的，一定是经过了漫长的堆砌和构筑，才形成了现在这副模样的：像龟又不像龟，似碉楼又不太像碉楼，它的铜墙铁壁和牛皮般的围堰首先就让他本人也惊讶不已！ 更为重要的是，曾怀林觉得自己在此之前已经通过某种肉眼看不到的通道，比较有把握地窥到了那个火枪上挑着一只灰黄色野兔的渴得要死的人，像是从门缝里窥探一样，清楚地看见那个人的心里也盘踞着那么一个类似的东西，尽管不是青龙白虎一类的……惊讶之情还没有过去，紧接着就看见了蹲伏在自己心里的那个东西，上面的历久弥新的苔藓和风雨剥蚀的痕迹，证明它并非初出茅庐，而是已有相当的年头了。 此外，它的外围好像还涂着厚厚的护壁油，滑腻而光亮。

这样的一种发现或不期而遇让他感到羞愧而又沮丧，身体外面的政治账尚在漫漫无期地年复一年地清算着，内心深处却又不声不响地出现了那样的一尊东西，是上天所降还是土生土长，他完全说不清它的来历。 一个更为重要的无法否认的事实是，它牢牢地盘踞在他的心里。 它不是一只野猫野狗，大喝一声就可以把它赶跑；它更像是空气般的政治，凡是活着的人，无一不在它的云彩之下。

这件事发生在明训去世一周年之后，因此，注定他永远不再能与她交流、长谈，交换各自的看法，注定只能由他一个人背负起那些别人看不见，而他本人又时常能感觉到的重量，它们不分昼夜地压在他的身上，没有人知道他背得有多么的吃力，也没有一个地方可以让他把身上的那些东西暂时地放下来喘息一会儿。

七

与此同时，宣传队却有壮大兴旺之势，证据之一就是不断地接到新的任务，排练新的节目。 宣传队也差一点变得像粮油店一样让人离不开，有些人一个月看不到宣传队的演出，就会觉得受不了，就会觉得日子平淡，窒息而无聊，觉得这个社会也没什么意思。 有的生产队甚至派人来问，宣传队何日能到他们那里去演出？ 一时间，宣传队的人成为小城里最骄傲的一群人，许多人原先只是模模糊糊地觉得自己只不过是一个靠嗓音和身段以及演奏技巧混饭吃的人，然而时代忽然改变了那一切。 到处受到邀请，固然有口腹之乐的享受，但更重要的是证明了自身的价值和作用，证明他们不是一群普通的人，对国家、对社会、对民众充满意义，起着别的人不可替代的作用。 事实胜于雄辩，与宣传队仅一墙之隔的体育运动委员会，坐落在另一条街上的第二轻工业局，以及紧挨着他们的人民银行，这些部门，为什么从来没有人邀请过他们呢？ 他们的门口都悬挂着各自的醒目的牌子，宣传队连一块牌子都没有。 宣传队的人们终于明白了，人要找你，别说没牌子，你即使藏在地下，藏在深海里，他们也要想办法找到你，把你打捞上来；要是不想找你，你在门口挂一万块牌子都没有用。 第二轻工业局和体育运动委员会不是都换了新牌子了么，那又怎么样？

　　不过，这一切都与曾怀林无关，一俟离开烟雾缭绕的有着损坏严重的深红色橡木地板的排练大厅，从纷乱的锣鼓和管弦声中走出来，所有的节目又都会暂时地不复存在，像散场后回家的人流一样各自远去。 城头上冒出的青草和城外原野上的杨柳成为他很长时间以来自我休憩和治疗的一剂秘密的良方。 经过长时间的观察，他也欣慰地注意到没有人来与他争抢这个只要愿意谁都可以得到手的秘方。 燕子在城外的原野和河流上低飞，飞进城里，也从不在宣传队的屋檐下筑巢，战争一样的锣鼓声和嘈杂的管弦声使它们望而却步，早在空中的时候便已领教。 它们越过宣传队的那片不断地涂抹着油彩，不断地更换着行头和面部表情的咿咿呀呀的歌舞之地，到相对十分安静的直属粮库的成排成排的屋檐下安家落户，早出晚归，生儿育女。 在那里，它们最常听到的声音是粮库保管员手中的钥匙声和发生在黄昏时分的一种奇怪的空中击掌声，还有就是老鼠们集体出动时吹响的号角声和单独行动时的吱吱声。 猫是粮库豢养的编外职工，它们不参与翻晒粮食和每周三次的政治学习，也不需要定期悔罪，汇报思想，它们只负责蹑手蹑脚地巡逻和守候，屏声静气地抓捕老鼠。 把抓到的俘虏咬死后丢弃在值班室的门外，或者郑重其事地带有一定彰显意味地摆放在通往直属库办公室的青砖的人行甬道上。 每到黄昏时分，奇怪而单调的击掌声在空寥寂静的直属库大院内啪啪地回响着，仿佛那样一来便能避免粮食受潮或发霉。

八

出东门，穿过一条沙土路和一条水沟，是东门生产队的卷心菜地，能看到远处烈士陵园里的松柏。 车耀吉就住在卷心菜地旁边的一间矮小的只有一孔小窗户的房子里，周围一带有零散的杨柳，粪堆，一条石头砌的水渠和一个安置在半空中的时刻都嗡嗡作响的变压器。 曾怀林是在一次避雨的时候偶然认识了住在那间小屋里的车耀吉的。 铜钱大的雨点一瞬间从天上泼下来，曾怀林先是在一棵柳树下面躲了一会儿，后来忽然看到了雨雾中的那间孤零零的小房子。 事实上那间房子的下面根本不能避雨，它的仅有的一点点眉毛似的屋檐只有几寸宽，躲在那里避雨与站在露天里直接接受雨水的敲打和洗礼并没有什么两样，曾怀林也是在冒着雨跑过去以后才发现的，还不如就站在那棵柳树下不动呢。 雨越下越大，由一开始的轻薄的带有土腥气的铜钱变成了密集的雨线或珠帘，头顶上的那道两三寸宽的屋檐就在那个时候又做出了一件在他看来是病态的更使他感到不可思议的事情，趁火打劫地把那些它不愿意承载的雨水倾斜着泼洒到曾怀林的身上，他被它的做法惊呆了！ 就在他决定立即离开它，重新回到不久前的那棵柳树下的时候，旁边的门忽然开了，雨雾中露出一个头，对他说了一句什么。

　　曾怀林并没有听清那是一句什么话，只是凭直觉感到那好像是邀请或允许他到里面去避雨的⋯⋯是的，一定是的，不然那个头平白无故地从里面探出来干什么呢，总不会是担心屋檐下的这个人把他的这间荒野小庙般的房子靠塌吧？ 毫无疑问，是雨声阻隔了他的话音。 于是，曾怀林推开那扇矮小的门走了进去。

屋里的情形简陋得让披着雨水的曾怀林一时有些透不过气来，以至于他来不及看清主人的模样，目光首先就被那两只靠墙放在泥地上的碗吸引了过去，其中一个还是豁边儿的。 没有灶台，唯一的一口比一顶安全帽大不了多少的锅架在几块早已被烟火熏黑的砖头之间，锅上的盖子是用筷子粗细的高粱秸编成的，为了方便揭开，上面用细绳做成环状。曾怀林能够想象到在蒸汽升浮、弥漫的时候，那个细小的不起眼的绳环是何等的有用。 连灶台都没有，当然也就更不会有桌椅柜子一类的东西，仅有的一只板凳也是自制的，上面还带着树皮。 墙是坑洼不平的泥墙，在人的手能够得着的地方有几个钉子，一些看不清颜色和形状的东西就挂在那些钉子上。 曾怀林感到自己的某个地方似乎在燃烧，在他的有生之年，这是他见过的最不像家的一个家了。 如果与眼前的这个所谓的家相比，这世上的任何一个家都能够称得上殷实甚至富足。

没有镜子，没有梳子，没有天花板，这就是车耀吉的家，曾怀林觉得他至少有六十岁了。 没有炕，也没有床，在整个保外就医期间，他长期睡在一张不知从哪里找来的门板上。

在当地有一个习俗，当有人死后，家里的人会摘下一扇门，将那个逐渐冷却而僵硬的躯体停放在上面，等棺材做好以后，再进行入殓。 这个连曾怀林都知道的习俗，在当地工作和生活了很多年的车耀吉难道会不知道吗?

　　几天以后，还是在东门外那片人迹稀少的地方，在布谷鸟明亮的叫声里，曾怀林又一次见到了车耀吉。其时，车耀吉正在屋门前的那一小块空地上劈柴，在距离木柴不远的他时常当作椅子坐的一块石头上，放着一只灰暗斑驳的搪瓷缸子，旁边有几粒白色的药片。车耀吉拿着斧子，喘得很厉害。对于几天前的那场促使他们相识的大雨，两个人似乎都已不记得了，尤其是车耀吉，这从他那浑浊而疲惫的目光里便可看出，在那双眼睛里，间或还有阴霾飘过。

　　对于保外就医，曾怀林也并不陌生。有人说那是自由的前夜甚至开始，是一次人道的松绑，但曾怀林对此持保留态度。那更像是一个伤口，表面包了一下，却并未消毒和治疗，也许在它的背后和深处正酝酿着更大更深的溃烂。因为即使是松绑，那也是一种小范围内的松动，真正的那根绳子并未从你的身上解除，只不过比原来放长了一些，活动的半径也相对增大了一些。比如现在的车耀吉，看上去简直就像一个自由人，一个正常的公民，没有被捆绑，也没有人在附近暗中监视他，与周围的人好像也没有什么不一样。但是只有他本人最清楚，他和别人是不一样的。曾怀林推己及人，从自身的处境出发，很容易就弄明白了眼前这位头发斑白的车耀吉每天过的是一种什么样的日子。

　　既然没有人看守，也没有人在暗中监视，家属又不在这里，孤身一人的车耀吉为什么像是在这里生了根一样，难道就没有想到过逃跑吗？跑到一个谁也找不到他的地方去，森林里，草原上，一条人迹罕至的河边，甚至回到当初送他出发去投身革命的故乡。 在他们第二次见面的时候，曾怀林想到了这个问题。 正在把劈好的木柴码到一起的车耀吉听到曾怀林的话，像是被一根刺扎了一下。

"跑？ 往哪儿跑呢？"

他用一块油毡将码放到门口的木柴苫好，又在上面和下面各压了两块砖头。 这以后，他对曾怀林说：

"阁下难道曾经有过那种打算和计划？"

"我不行，我不能跑。"曾怀林说，"我有家，还有两个孩子没有长大。 更何况，逃跑不能解决问题，只会使问题越来越糟。"

刚说完，曾怀林就猛然意识到自己幼稚得像个孩子。 好在车耀吉只是看了他一眼，没再说什么。 这位昔日的县委书记端起那个奇脏无比的搪瓷缸子，坐在那块石头上开始吃药，把那几粒白色的药片在手掌心摊开，确认无误后，才放进嘴里，用水送下。

九

谁想做什么，那是他们的事，他再也无权过问。 对于他车耀吉来说，这个世上再没有哪一个地方能比眼前这座好像坐落在天边的小城更令他魂牵梦绕的了！ 就算是他的故乡，他的出生地，那又如何呢？ 留存在记忆里的仅仅是一些模糊而遥远的印象，甚至极其的陌生，远不能与眼前的这座小城相比。　说这是一座被时间和世人遗忘了的甚至从来没有想到过的小城，怕是非常的离谱和不准确，车耀吉第一个就会表示不赞同。　许多年来，外面的哪一场运动没有在这座偏远的貌似总在打瞌睡的小城留下或深或浅的印记？　半个多世纪以前的饥饿与贫困，剿匪时的一路滴答的鲜血，镇压反革命时的荒草弥漫的旧刑场，合作化时期的圆头圆脑的房子，距今十几年前的小型的钢铁厂，粮食加工厂，十数名基层干部在上面悬梁自尽的至今依然苍劲的老树和寂静的仓房，分布在全县各处的数百辆用于演习和爆破的纸糊的坦克，八名除了只会打枪，别的事情什么都不会干的英雄无用武之地的神枪手……除其中的两名分别在两个公社的武装部任职外，另外的六名神枪手难以归类，只能在各个民兵队里充任专职民兵，有时陪同下乡视察的武装部部长打个野鸡什么的。　其中的一名神枪手董二旦因为饥饿还差一点毙命。"凭自己的百步穿杨的枪法和武艺，董二旦同志会搞不到吃的吗？　但是他没有。"在全县的干部大会上，县委书记车耀吉曾这样说。几年以后，这也成为他的罪状之一，罪名就是对革命同志进行用心险恶的暗示和鼓动，怂恿他们去犯罪，去抢，去劫。可贵的是，可喜的是，董二旦同志并没有上当，他心明眼亮，因而也就避免了沦为社会和人民的敌人。

　　碧波荡漾的水库，骑自行车或骑马走起来声音怪好听的沙土路，黄沙子像养活了革命的小米，淡粉红色的沙子如同绵延在天边的彩霞。 八座分布于不同方向的水库和质朴的沙土路寄托着他后半生的理想，没有人知道他走在那些彩霞般的沙土路上时是一种什么样的心情。 当然，也就更没有人知道当他囿于眼前这间低矮的小屋而不能够再在那些彩霞般的小路上行走时心里又在想些什么。

因此，无论从哪一个方面来说，跑肯定是不对的，而找一个山高水深的地方把自己藏起来更是可笑的。 或许，只有等待才是最应该做的，也是仅能够做的。

"就像坐在一列没有灯光没有明确行驶方向的夜车上。"车耀吉对曾怀林说。

"等待什么呢？"曾怀林说，"等待天亮？ 等待到站？"

"当然是形势的变化。"

"形势会有变化？"在曾怀林的眼前出现了路两旁的灰色的树木，坟墓，吃草的牛马。

"按照唯物主义的观点，世界首先是物质的，那也就是说世界是时刻都在运动着的。 既然在运动，怎么可能会没有变化？ 运动有时会以一种极其缓慢的方式进行，那也只是我们用肉眼观察到的一种现象，从另一个方面来看，也许并不缓慢。"

"根据物质不灭定律，现有的很多东西也并不会因此消亡。"

"但它们极有可能会转化为别的事物。 我们寄希望于什么呢，不就是这个吗？"

他在砖垒之间的那些灼热的灰烬中埋了两个土豆和一把黑豆，在他与曾怀林说话的过程中，受热的黑豆不时地崩响，仿佛过去年代暗夜里的零星而寥落的枪声。

与车耀吉的相识，使曾怀林乘坐夜车的那种感觉逐渐变得清晰起来了。没有灯光，空气稀薄，饥饿、寒冷，更重要的是不知道将要驶向哪里。沿途看不到明确的停靠点，却又不断地有人上来，也有人不断地消失。他长时间地枯坐着，不知道何时能被告知下车。总听见有嗒啦嗒啦的铃声传来，但每一次铃响都与自己无关，只看见别人在上上下下地忙碌，有的意气风发，眉目之间收获着喜讯；有的跌跌撞撞，失魂落魄。

无数人为之牺牲和奋斗的那个理想的世界究竟应该是一幅怎样的情景呢？

车耀吉的黑豆熟了，阵阵香气从灰烬中游走出来，但他好像没有闻到。曾怀林提醒他，应该赶快把那些豆子从灰烬里扒出来，不然再过几分钟以后就都煳了。

如果不把脸贴近灰烬，是不大能够看清那些只闻其香不见其踪的豆子的，因为它们本身也已变得如同灰烬一般。车耀吉一手撑在地上，用一根柏树枝仔细地搜寻着。直到解放初期，这座小城里还有暗藏在各处的敌人，还有的竟然就在他的身边，每天与他见面，在一起开会、用餐，甚至接触机密，发布命令。也正是他，在一个不算太长的时期内，把他们一个个地都挖了出来，并最终消灭。他要为这个新生的制度把每一个角落都清扫干净，不留一点残渣余孽。相当长一段时期内，他认为自己做到了，当然不是百分之百的圆满，但也应该是十分的洁净了，初升的朝阳照耀着每一个曾经是封闭、阴暗和罪恶的角落，世上从此不再有秘密和隐匿的东西，只有信念、歌声和阳光。

可是，某一天，他被突然告知：他与那些曾经被他消灭了的人竟也是一路货色。

真令人寒心，又让人糊涂不解、死不瞑目。谁这么看问题呢？

从此这座偏远的小城把另一种面貌呈现给他：那些比自己的故乡还要熟悉的排列着众多矮小房屋的街道不再张开双臂欢迎他，接纳他，而是改用一副蓬头垢面的模样和叵测难料的窃窃私语来目送他；街上的黑暗也不再躲避他，而是狰狞挑衅地面对他，动辄就将他吞噬；城南城北的呼喊声不再具有政治和生活上的意义，而只剩下一种本能的呻吟或号叫，叫声划过百货公司上面写有斜体字标语的巨幅玻璃，在人民医院的幽暗的有着青蓝色灯光和躺卧着病人的水泥走廊里回荡着；红旗运输社不再买他的账，面向人民大众的人民饭店也不再为他提供服务，哪怕他拿着足够吃一顿饭的粮票和钱。是的，什么也不为，原因也极其简单，只因为他不再是人民中的一分子。

只有他当年亲自带领人们修建的那八座水库有时还会悄悄地向他招手，它们那波光粼粼的表情证明着它们并没有把他忘了。

说起来，曾怀林、车耀吉，他们曾经并至今也还是一些深信不疑的人，认准一个东西以后就会竭力地去维护它，并永不再怀疑。

这座小城对车耀吉来说意味着什么，曾怀林无法知道得更多，尽管他们之间的讨论在车耀吉的那间矮小的连一个正经的坐的地方都没有的房子里，在东门外的菜地里已进行过多次。曾经以为不是问题的问题仿佛一部突然有了深度和困难的书，被他们一再翻阅，不少地方被他们画上了重重的代表疑问的粗线。这样的一部多少年一直自以为再清楚不过的书，原来却充满了玄机和疑难，就像一场弥天大雾，大雾中又不时地有坚硬或瘦骨嶙峋的障碍凸现出来，挡住你的去路。没有路标，沿途的参照物也是一些看上去似懂非懂的事物。有人抱着流血的头坐在路边，有的缺胳膊少腿地朝前面走着，没有人知道路上发生了什么……车耀吉、曾怀林，像两只被剪去下肢的蜻蜓一样坐在路边的土里，从那些不像路标又不是参照物的上面，他们参照到一些让他们感到瞠目结舌的东西，如同一件突然发生的不像是人力所为却又明显地神经质的事情，像是一群孩子闯出的大于他们身体和年龄无数倍的祸。

孩子们闯祸是因为他们还不懂事。一个幅员辽阔的庞大的集体也会不懂事么，也会尘土飞扬地在地上打滚，号哭吗？

　　有好些年了，曾怀林时常会惊讶地发现自己的一双眼睛也会像一个偶然相遇的陌生的路人那样不可信赖，它们从外面世界带回来的图景如同一堆掺杂着大量秕糠的谷子，有时甚至连那些秕糠也没有，完全就是一堆伪装成谷子成色的沙子。即使这样，还不能够被及时地发现和甄别出来，相当长时间内它们会以谷物的名义和形象继续存在下去，只要你和你的家人不被饥馑所威胁，它们就不会暴露，就会一直堂而皇之地代表着富足与安宁，甚至繁荣强盛。这样的事情一多了，眼见也就不再为实，不再敢相信自己所见到的。

　　从此他的眼里渐渐地开始有了怀疑的阴霾。看到一件事情，会设法越过那件事情，希望能看到事情的反面，或许那才是它的真实面目。一部分高出地面的世界以极其繁复琐碎或寻常简陋的模样倒映在水中，有时候，一只手轻轻地动一下，也会使它受到扭曲，发生改变。

　　曾怀林、车耀吉，他们像两个遇到了难题的小学生一样，苦思冥想，从一个黄昏到另一个黎明，没有老师，没有教材，更可怕的是永远没有答案，他们在各自的位置上过着接近于窒息的日子，呼吸越来越不畅通。这样的一道难题，注定他们永远做不出来，即使勉强做出一个答案，也极有可能是错的。没有人能让他们这两个处于困境中的学生看到一线亮色和希望，唯一能参照的就是另辟他途，像大多数人一样不管春夏秋冬地过下去。

　　他们想起他们各自的一些朋友，有的在农场，有的在监狱，有的下落不明，还有的已然长眠于地下，不再需要面对任何的折磨人的难题。 天地有多大，世界有多深，难题有多少，对于那些很早就躺下的人来说，不过是耳边的一阵轻风或虫鸣。 而早先他们活着的时候可不行，没有一个难题是能够轻易地绕过去的，即使侥幸蒙混过去，它回过头来也还会找到你，让你背负起比当时多一倍甚至几倍的重量，让你加倍偿还。 有一位身披蓝色海军大衣的负责同志曾实事求是地说过："是你的就是你的，你就是跑到天涯海角，也还是你的，没有人会替你认领。 聪明的就应该及时地折回来，主动地一声不响地把属于你的那些东西背负起来。"

曾怀林、车耀吉，他们并没有跑，更不是跑出去老远以后又折回来。 他们时常感到背负在他们身上的东西，有些的确是他们自己的，但也有一些却并不像是他们的。 可是，不是他们的又能是谁的呢？ 东西既然一直在他们身上，那就只能还是他们的。

这样一来，这座偏远的小城有时对于他们来说就会显得广大而空荡，内城里短促而狭窄的街道有时在他们的眼里也会格外的漫长，那些低矮的从开着的窗户里就能清楚地看见街上掉落的一根针、一个图钉的房屋，那些与地面一样齐的旧日的小桥，都不再是一种匍匐的姿势。 只有三层楼高的外表刷成杏黄色的原宪兵队旧址，现今的农田水利基本建设委员会则看上去相当的巍峨，而插在楼顶上的三面旗帜更给人一种水涨船高、耸入云霄的感觉。

这座青灰色的小城，从远处看，更像是从天上飘落下来的一片雨前的乌云。

那一年，曾怀林和妻子明训带着两个孩子，第一次踏上这片土地，第一次站在高高的满眼陌生的大灰梁上时，看到的就是那样的一幅情景。

✝

老曾：

对不起！两个孩子只能留给你了。你要尽力将他们抚养成人。

你的妻她不贪生，不怕死，亦不厌世，她只是不想再坚持下去了，而生活也要埋葬她。

都说女性的忍耐力要胜于男性，我想，那是因为她们实在没有可以依赖的，只能忍下去，若有一线可依赖的，按照她们的天性，她们其实还是喜欢安逸和享受的。比如我，有你在，我就不需要再忍耐再坚持下去了。老曾，再次向你说声对不起！

真没想到，《小逻辑》竟是我在这个世上读的最后一本书。可惜的是，被梁丽芳给弄丢了。她曾提出以一斤食用油作为补偿，我哭笑不得。以后又说，其家中有一块只用过一次的还完全崭新的上面绣有"桂林山水"的线毯……老曾，你日后若遇到梁，不要再提及此事。已经过去的事了。

老曾,我怀疑这一切。

我本不喜欢怀疑。怀疑使人憔悴,痛苦。哲学就是一门教人怀疑的学问,所以我年轻时一直离它最远。

我们是怎样的一代人啊!

明训绝笔

冬冬的生日是十二月四日,多多为八月十二日。如条件和环境允许,逢这两个日子时,给他们过一个生日吧,他们还小。怎么过呢?无非是当日的午饭或晚饭比平日略好一些罢了。如条件或环境不允许,那就不要给他们过,在心里过也是一样的。

忽然想起一件事:在多多的那顶咖啡色的人造草帽子的夹层里,我大约放了二十三元钱以及一些粮票。入冬之前,你要提前把它们取出来,另放一个地方。以多多的性情,那帽子去冬在他的头上戴了几个月没有丢掉,已经属于奇迹,今年万不敢再寄奇迹于他。

冬冬也已能使用针线了,不过,拆开后的夹层还是再由你缝上吧,不要让她过早接触这类事。

明训又及

四年了,每次看到明训留下的那封信,曾怀林的心都会如一口幽凉的丛草湮没的古井。

渐渐成长起来的多多知道母亲是怎么死的吗?他不知道,他真的就以为是一次意外的事故。去年清明时节,曾怀林带着冬冬和多多去位于大灰梁上的"一亩地"祭奠明训，两个孩子在母亲的坟前哭得像当日的淫雨霏霏的天气。 曾怀林从泥地上刚拉起多多，冬冬又跪在了母亲的坟前，清明的雨水混合着悲痛的泪水在她的脸上奔流着。

今年的清明他们没有去成。 曾怀林连续三天都在接受已成为惯例的审查和讯问，尽管没谈出任何新的东西，但审查的时间却一分钟也没有因此减少。 曾怀林坐在那只又窄又细的独轮车一样的凳子上，想到大灰梁上的"一亩地"，那里的杨树应该还是灰黄的，再有十几天才能变绿。 可是，旧党校院子里的桃花已经开过了，曾怀林从外面一走进来的时候就闻到了。

一年前，当曾怀林第一次来到这座偏远的小城时，就是在旧党校的这个院子里，一位专门负责他的案子的干部曾这样对他说：

"像你们这种人，要不是因为有问题，还不会来到我们这种小地方呢。"

"我喜欢这里，"曾怀林说，"小城小镇，边远的村庄，森林，河流，我都喜欢。"

"别说那些没用的了，我对你们也还是多少了解的。"那位名叫明海的干部说，"你们喜欢的还是敌人的那一套，喝咖啡，喝上好的茶，穿漂亮衣服，看有害的书，写有毒的文章。"他叹了一口气，又不无无奈地说：

"真不明白是怎么回事，一有点本事，就会成为人民的敌人。"

曾怀林立即闭上了自己的嘴。 就在那一刹那的工夫,他从一扇半开着的窗户上看到院子里的一株白海棠开得有些美丽非凡。 这样一棵像是从遥远的虚无缥缈的仙境里移来的树,开在这么一个专门审人,有时还用来临时关押人的地方,真是有些怪异。 曾怀林被它吸引住了,目光也在悄悄地反抗着他,不愿听从他的管束,不时地飘向海棠树盛开的窗外。

这样的一种不服管束的飘来飘去的目光是要惹祸的,无论深情还是无意,到时候都丝毫不能减轻它所带来的恶性后果,曾怀林用力把它们从繁花似锦的窗外拉回来。 这时,那个名叫明海的人已经撇下他,到里面的一间办公室里打电话去了,那扇刷了绿油漆的门是开着的,打电话的人可以一边打电话,一边观察到外屋的情形。

名叫明海的人对着电话说:

"是呀,这些人就是这样,要不是因为工作,我也不想和他们打交道,我有不少朋友,但没有一个是知识分子,就是因为他们太难闹。 您猜他在干什么? 他不停地看外面的树,一棵树有什么好看的? 对,对,我也是这样想的。 所以,我建议还是得搜查一下,按照规定,从头到脚地检查他一下。"

他把电话捂得紧紧的,事实上除了他本人,再没有第二个人能听见电话的那一端在说些什么。 而且在整个过程中,他的目光一直没有离开过外屋。

不久，他放下电话，像是喝了一大杯酒一样从里面出来。 那时候，曾怀林隐隐觉得有一片黑影正从海棠树与窗户之间快速地飘过，好像是一只展翅低飞的鹰。 鹰在这个偏远的地方是十分常见的，甚至比鸡还要寻常。 曾怀林带着一家人在来的路上就已经见识过了，它们在广阔的青蓝的天空下面优美而庄严地滑翔着，专注而又闲散，似乎对一切都视而不见。 经历了长途跋涉后的一家人都抬起头呆呆地看着，也似乎把此前的一切都暂时地忘记了。

当两名带枪的穿着便衣的办案人员忽然出现在门口时，曾怀林才意识到刚刚从海棠树和窗户之间快速地飘过去的那一片黑影并不是一只鹰，正是眼前这两个身手敏捷的人。

名叫明海的人对曾怀林说：

"到了哪里，就得按哪里的规定来，想必你也明白。"

这像是在商量，却又好像命令，更像是一声平静的开场白，曾怀林知道搜查就要开始了。 对于搜查、搜身，曾怀林并不陌生，已经经历过几次，那并不会让他有多么的惧怕。真正让他担心的是有时候居然会有异性在场，无论认识与否，那都是让他最不能忍受的，因为他的衣服并不是穿在自己的身上，而是堆在脚边的地上，或者被临时拿走一会儿。那种时刻，他感到无地自容，常常恨不能立即化作一条与地面颜色相同的蚯蚓，或者一滴水，在心里恳请上天，让他以最快最直接的方式消遁或者蒸发，或者以最省事的渠道被大地所吸纳。

"我看还是你自己动手比较好，"名叫明海的人说，"我们要是一动手，会显得……"

曾怀林抬起一只手，解开自己的第一道纽扣。很快，他脱掉了中山装上衣和外面的裤子。他停了下来，看着那个名叫明海的人，但对方的神情却在十分明白地告诉他：继续脱。

于是，在没有任何人命令威逼的情况下，在似乎是无边的虚浮和寂静中，在混合着海棠花的芳香和从旧党校的食堂里飘出的阵阵熬白菜的气味的四月的空气里，曾怀林像是要准备沐浴一样脱去了贴身的一件衬衫，接下来是脚上的皮鞋和袜子。最后，只剩下仅有的一条短短的内裤了。其实此刻的曾怀林倒不像是一个要准备沐浴的人，而更像是一名即将要跃入水中的游泳者、弄潮儿，但眼前却并没有一片碧波荡漾的水，而是一个由三四张办公桌和地上的青砖组成的空间，除了一个名叫明海的人，另外还有两名带枪的人站在门口。曾怀林站在他们的面前，眼睛却看着自己的那些先后脱下来的衣服。在这样的一个偏远的小城，脱得只剩下一条短短的内裤，脱到这种程度，应该可以了吧？他想。

看到他并没有打算把身上仅剩的那条内裤也一起脱下来，名叫明海的人的脸上明显地有些不悦，冷冷地问道：

"在省里的时候，你也是这样的吗？"

曾怀林愣了一下。不，当然不是，在省里是不能够保留那条内裤的，那算什么！尽管它很短。在省里的两次搜身他印象深刻，两次都是脱得一丝不挂，包括手表、眼镜，全都得除去。在原省委梅山会堂内部的那间曲径通幽，绕了许多个光线昏暗的弯子和廊道以后才到达的挂有深色帷幔的房间里，第一次脱得一丝不挂，赤条条地站在好几个人的面前，曾怀林曾情不自禁地流出了屈辱而悲愤的海水般的眼泪。说实话，父母亲去世的时候，那咸涩的眼泪也没有奔流得那么快，那么长。在场的人除了几名男性，竟然还有两个让曾怀林无论如何都难以坦然面对的人：降永芳，女；另外一个不认识，但也是一个女的。曾怀林努力想让自己背朝着她们，只要不与她们面对面，眼前所发生的一切，也还是都能够忍受的。然而，从她们的脸上却完全看不到有什么丝毫的不适，她们平静得如同两尊汉白玉的雕像，尽管其中一个女人的两条腿是分开着的，但那也是汉白玉雕像式的分开。她们丝毫没有什么，反倒是他自己太多心了。事后，曾怀林感到羞愧，一个男人，还不如两个女人洒脱。

经历使人成熟而坚强，重要的经历尤其如此。几周以后，还是在同样的那个地方，第二次脱光的时候，曾怀林没有流泪。

十一

内裤上的松紧有些松了，因此曾怀林很快就把它脱了下来。

"这就对了，"明海点点头说，"不要因为地方小就小看它，小县小城，也一样应该受到尊重和重视。"

曾怀林不易觉察地咬了咬自己的嘴唇。他得承认，明海的挑剔或带有讽喻色彩的指责是正确的，有道理的，因为他本人确曾怀着那样的一种心情，以为这个偏远的小城与省里是不一样的。以为各方面都会更马虎一些，更随便一些。在省里脱得一丝不挂，在这座偏远的小城里保留一条短短的内裤，难道还不行么，应该能说得过去了吧？在我们这个国度里，省里与县里什么时候一样过？这即是他迟迟不把内裤脱掉的真正原因。

由于手表和眼镜之前就已经摘去，此时的曾怀林是真正的一无所有了，除了岁月和客观世界赋予他的不可更改的年轮与难以掩藏的烙印之外，他如同几十年前刚刚来到人世时那样，赤裸裸地跌落到这个坚硬无比的世界上。所不同的是，那时他不谙世事，一落地便开门见山地放声大哭；而现在，他早已学会了不出声。

突然从外面走进来一个五十多岁的女人，穿着一件长及小腿的蓝色工作服，曾怀林如同受到猛烈的一击，下意识地转过身去，并用手捂在小腹以下。然而，进来的这个女人似乎根本就没有看见这屋里有一个赤身裸体的男人，甚至连另外的三个人好像也不曾留意到。她是进来把刚脱下来的那一堆衣服拿出去检查的，一开始她想用手里的那根棍子将它们一揽子挑起来，但是在挑的过程中出现了问题：那件七成新的深色的毛料中山装让她的那只伸出去的手臂猛然感受到了一种特别的甚至颇具敌意的重量。 说沉甸甸的也有些不妥，对于一件正常的衣服来说，应该说它很重，重得反常而不通情理，冷漠、无情。 生活在这座偏远的小城里，一生中她还从来没有亲手接触过这么重的一件衣服。 这显然超出了她事先的估计和经验。 是用什么材料制成的呢？ 她不知道。 很难想象这么重的一件上衣，一件当地人称为"褂子"的东西，穿在那个人的身上，他还怎么走路、做事？ 难怪要被检查呢，太奇怪了。

惯常的预计和多年来的经验受到了挑战，女人的眉头紧紧地锁了起来，两道淡淡的近乎于稀有的眉毛使得紧锁起来的那个地方看上去更加纠结而紧张。 干这样的事也不是一回两回、一年两年了，她本不打算用自己的手和身体去接触别人脱下来的那些衣物，但眼前的事事出无奈，碰到这么一件衣服，她不得不放弃进来之前临时找到的而眼前又完全派不上用场的那根棍子，张开双臂，将那一堆衣服抱成一团，搂在怀里，心事重重地走了出去。

明海仔细地检查了曾怀林的一目了然的身体。 他伸开五指，如同五锒犁一样插进曾怀林的头发里，犁了几个来回，除了得到一些脱落或断裂下来的头发以外，再没有犁出任何新的东西，更没有什么有价值的东西。 从一开始他也不相信一个人的头发里会有什么名堂，无非是例行公事地履行一下必要的手续和程序而已。

两处腋下也没有发现什么。

他显然也注意到了那身体上的一些时间并不是太久远的伤痕，有的虽然已结了痂，但如果要用手去按，还是会从结痂的边缘部分洇出血来的。他看了看，但没有用手去按，他不相信那下面会有问题，除了血或脓，恐怕不会再有别的什么。

肚脐里会有名堂或文章吗？那能是什么样的名堂或文章？

前年，身为专案组成员的明海听说邻近的蓝旗县捕获了一名特务，那个特务的嘴里藏着一台微型的发报机，就藏在两颗后槽牙的那个位置上，而且已经隐藏了很多年了。消息传来时，使明海这个具有相当政工、政审和办案经验的老专案干部也震惊极了！很长一段时间内，他的脑子里一直都被那件多少有些传奇色彩的事情占据着、吸引着，一有空他就想象那个能够藏在牙缝里的不可思议的发报机，老天，那得是多么小的一个东西啊，而且还不是一个单纯的摆设，每次拿出来都还能用，能够滴滴答答地向远方发报，奇就奇在这里……不可否认的是，有些事情已超出了他的经验和想象，让他感到迷茫而痛苦，心有不甘。尽管他一直都没有亲眼见到过——随着对方的被捕，也不可能再见到了——那个能够在螺蛳壳里做道场、转乾坤的特务，可对方却以各种各样的形象和面貌长时间地占据着明海的那颗坚强、忠诚，而有时

又无比脆弱的无产阶级战士的心。 今天是这个样子，明天又
成了另外的一种样子。 说实话，一个人能那样做，且能够多
年如一日地那样做，本身就像一个奇迹，不能不令人钦佩。
一台发报机常年隐藏在嘴里，躲在两颗后槽牙那里，再微
型，再小，它也毕竟是一个东西呀，那对一个人的正常生活
会构成多大的不便和影响呢？ 我们平时吃饭，牙缝里塞进去
一颗米、一丝肉，甚至一条果蔬的纤维，都会觉得难受，都
要设法清理出来。 而人家可是整整一台功能完好的发报机
呀，人家什么时候可曾想到过使用一根小小的竹签？ 没有，
从来没有。 如果抛开各自的阵营，如果不用阶级的眼光和感
情看问题，如果站在一个纯粹的中立的客观的立场上看问
题，这样的人才称得上是真正的战士，忠贞不渝的英雄。 几
十年如一日地把一台发报机含辛茹苦地含在嘴里，其中的艰
辛和困难有谁知道？ 远在台湾的蒋介石知道还是苏联人知
道？ 想想自己，也不过是做了一点点平平常常的再普通不过
的工作，而党和人民却给予了极大的荣誉，个人所付出的与
所得到的有些不成比例呢。 去年夏天，与自己一墙之隔的林
亚夫突然全家下放农村。 他们走后的第二天，王主任就命令
把林亚夫原来的那个院子一分为二，一半给了林亚夫东边的
明海，另一半划给了住在林亚夫西边的郭福隆，那情形在明
海的心里多少有点儿过继的意思。 林亚夫家的那个多年来一
直受人称道和羡慕的枝繁叶茂、遮天蔽日的葡萄架，由于其
位置恰好处于与明海接壤的这一边，所以，葡萄架也就理所

当然地划给了明海。 突然收到这么贵重的一份礼物,很长时间内明海都觉得有些不好意思呢。 他不得不自我鞭策,修改了自己的作息时间,别人每天八点钟上班,而他则至少提前到七点以前,准时进入办公室。 下班时间也一样,尽量地推迟,要不是因为人不吃饭不行,他甚至都不想回去。 有时候有的人回到家里吃过午饭后,已经睡了一会儿了,明海这边才刚出办公室的门,或者刚踏上回家的路。 星期天就更不用说了,别人有星期天,明海是没有星期天的。 党和人民给了你这么多的荣誉,甚至连林亚夫的院子也给了你大半个,你还能够每星期专门腾出一整天的时间,在自己的那个窝里打自己的小算盘,鼓捣个人的那点儿事吗? 不能够! 当然不能够! 也许有的人能那样做,但明海不会。 一个农家的孩子,受革命培养教育多年,成长到今日这般模样,有了较高的政治觉悟和工作能力,除去赤胆忠心地感谢和报答,还能做什么呢? 奉献,除去奉献还是奉献,把毕生的精力奉献给人民的事业。

对于因为位置的原因没有分到葡萄架的郭福隆一家,明海也有一些歉疚,按实际情形来说,其实也是应该有人家一份的。 所以,每次见到郭福隆,明海总是主动地打招呼、问候。 秋天,葡萄丰收,硕果累累。 隔一些天,明海就吩咐自己的女人摘一篮子葡萄,给隔壁的郭福隆家送过去。

夜深人静、皓月当空的时候,他偶尔也会想到一些自己最近的事,自认为自成人以来,自己活得勤勉、克己,对工作对事业问心无愧。 如果说做过什么于他人不利的一些事，那完全是因为工作的需要，因为革命的需要，没有哪一件是为了自己的，因为他和那些被整的人也没有什么个人恩怨，更不存在什么深仇大恨。 但是，为了革命，又注定必须与某些人建立仇怨，树立敌对——谁让你有问题呢？ 你要是一个干净的人，我们就都是革命同志，我们会并肩战斗。 比如那些赤裸裸的，多数时候并不那么好看，有时甚至无比丑陋的男性的身体，分开腿，平行着抬起两条胳膊，站在他的面前，等待着接受检查。 他难道就真的那么喜欢触摸，检查他们吗？ 太不是了！ 检查他们，翻看他们，完全是为革命负责，为最广大的人民群众的安危把关、过滤，清除隐患和危险。 如果能够选择，他更愿意坐在一棵清风习习的树下，慢慢地翻阅一册革命故事的连环画。 或者，哪怕去乡下的金黄的地里割一天麦子，去蚊蝇飞舞的饲养场里出一天肥，累出一身汗，那也是好的，于心于身都是一种极好的锻炼。 而那些赤裸的身体，他并不稀罕，并不愿多看他们几眼，他本人就有一个类似的躯体，早就看够了。

　　检查临近尾声的时候，他用一把透明的尺子伸到曾怀林的两条腿之间，仅仅是例行公事，履行一道必要的程序。 对方是分开两条腿站着的，一眼看过去便可知那里不大可能会夹带什么，也不大能够夹带住什么，没有必要把腰弯下去，把脸凑过去仔细地对待。 经验告诉他，如果对方真的暗藏或夹带了什么，其本人的表现是不会像现在这样木然的，早就慌作一团了。

检查结束，他把那把依然透明的尺子重新插回到那个白瓷的笔筒里去。那个过程中，他好像浅浅地无声地笑了一下。刚刚把两条腿并拢好的曾怀林突然捕捉到了那种表面浅显却在他看来不无深意的笑意，而且，另外两个带枪的人好像也都闪电般地笑了一下。曾怀林觉得自己看懂了他们的笑，觉得自己知道他们在笑什么，这样的发现顿时让他觉得此前一直沉睡不醒的仿佛冷冻了一样的血液和意识一下被点燃了，他本人的那张脸首先受到灼烧，首先被映得通红。

他忘记了一两个小时以来，直到此时，他一直都是赤身裸体的，他只是觉得自己快要管不住自己了，身体里仿佛有一头刚刚睡醒的尖牙利爪的猛兽，因为别人的一丝不易察觉的笑，正在左冲右突地想要蹿出来，它的震耳欲聋的吼声只有他一个人能够听得见。但是在旧党校这个桃花不久前刚刚谢落，海棠花正在接着盛开的院子里，它的声音却化作了和煦的阳光和低飞的燕子，因而，没有人想到，也没有人能够看出眼前这个芳菲明媚的人间四月天会与凶猛有什么关联。

绕墙而生的牵牛花都已经长成了，再有几日，那些洁白的、粉红的、紫罗兰色的喇叭便会纷纷打开，如一张张湿润而芬芳的充满渴望的嘴。再过几十天，在这个空荡阔大的很多时候阒无人声的院子里，那些鲜艳的嘴又都会纷纷枯萎、熄灭，一张不剩地消失。

没有人大声地走路、交谈，却明显地感到有人朝这边过来了。

曾怀林的那些先前被抱走的衣服又被如数地送了回来。那个五十多岁的穿着蓝大褂的女人把一张有关的清单交给明海以后，仿佛第一次见面似的朝曾怀林瞥了一眼。

除了手表暂时不能归还以外，其余的一切都能归还曾怀林了。明海向曾怀林解释说，手表已让人拿到城南的国营修表店去了，待检查后没问题，很快就会再还回来的。

"手续。"明海对曾怀林说，"这也是一道手续，不是针对谁的。凡来这里的，每个人都得经历，除非他压根就没有手表。"

那两个带枪的人先行离去，他们又如同当初从外面的海棠树下进来的时候那样，又影子般地飘出去了。

这时，曾怀林一边穿衣服，一边才忽然发现这间办公室的墙上还写着标语：向列宁同志学习！一天工作十六个钟点！

在这样的一个地方看到这样的 条标语，充分证明全世界的无产阶级阵营就是一盘棋，这座偏远的小城即是最好的证明。曾怀林很早的时候就听说过，列宁同志认为，一个人一天用于吃饭、睡觉、会客、喝茶、处理杂务的时间，加起来有八个小时足够了，剩下的时间应该全部用于工作。这样的一种工作精神让曾怀林觉得感动。抛开阶级，抛开阵营不说，任何一个人具有这样的一种工作精神，都值得敬重。

穿好衣服，临出门时，明海对曾怀林说：

"不要怨恨党，一切都是为你好，一切都是为了我们的革命事业。"

声音温良而严肃，犹如刮在三四月间的春风，曾怀林不由得停下脚步，抬起头。 对方也正在看着他，像是一位正在送客的主人。 好几个钟头以来，他好像直到此时才第一次正式地认真地面对这个名叫明海的人，一个看上去极其普通的人，一张极其普通的脸，普通到甚至使人见过一面后转身即忘，不大容易能够记住。 但是曾怀林觉得自己恐怕相当长一个时期以内很难再忘掉眼前这张再普通不过的脸了。

又看见那几棵美丽得让人有些不敢相信的海棠树了，曾怀林揉了一下眼睛，眼前好像有一场薄薄的轻纱般的雾。

从那些繁花似锦的树下经过的时候，曾怀林解开了最上面的两道在屋里时才刚扣好的扣子，他仰起头，看着从树荫间漏下来的仿佛蜜质的阳光。 忽然，他感到肩上不可思议地被拍了一下，他有些惊愕地停住了。

他回过头，看见明海的那张脸仿佛镶嵌在白绿色的海棠花下面，脸上既有浅黑的树影，又有明亮的光线，斑驳迷离。 他很快又想到此时此刻，自己的一张脸说不定也正是一张类似的花脸，明海看到的与自己看到的也许完全一样。

明海还有话要对他说。

"看看你的穿戴，光一件上衣就那么沉，吴大嫂挑了半天都没有挑起来，是她的棍子不得劲吗？ 那衣裳，一看就知道不是普通的几毛钱一尺的布料。 看看你所戴的那只表，要是换成钱或吃的，够乡下的一家人过好几年的……无论怎么说，也不能把自己算成是普通的劳苦大众中的一员吧？ 还有怨恨吗？ 看看街上那些搬砖摆瓦的，看看那些赶车牵牛的——如果你非说自己是劳苦大众，那他们又算什么？"

明海就站在一棵海棠树下，没有再往前走。

曾怀林有些不知所措地看着明海。

"行啦，你走吧。"明海说。

穿过一片开阔的院子，走到旧党校的那个长着青草、看上去已经有点儿歪斜的大门口时，曾怀林已经完全看不见明海的影子了。

但是，明海方才所说的那些话，却如同一排沾满霜露和雾霭的松木的钉子，在一个看不见的油红黝亮的木槌的打击之下，它们全部一个一个地钉进了曾怀林的心里，那咚咚的却又明显找不到具体出处和受力方位的击打声在此后的连续许多天内一直都在形影不离地伴随着他，不时地让他听到，即使在有人和车马行走的街上，即使在高音喇叭巨大的声响下面，也不例外。 咚咚的木槌的声音，仿佛回响在深远的山里，回荡在辽阔的大地上，却只有他一个人能够听到。

明海也并不是在言过其实地张嘴就来，他所指认的那些吃不饱穿不暖的劳苦大众委实令人歔歔：一家人一床被子，夫妻二人共同拥有一条裤子，这样的事情并不是传说。 他们的更像是小叫花子的孩子，女孩不像美丽的祖国的花朵，男孩也不像被寄予厚望和理想的时代的幼苗，很多幼小的身体穿着明显是由大人的衣服改过以后的二手货、三手货，有的甚至连改都不改，直接就套在身上，长及膝盖，空空荡荡。到处都能看到那种不会撒娇，不懂得生气，不知道宠爱为何物的，穿着宽大的男式上衣的小女孩和穿着姐姐们替下来的女式布鞋的小男孩。男孩像土豆或煤核，女孩如瘦弱饥饿的小麻雀，从来没有人关心过他们吃饭没有，内心有何愿望。很多人没有在成人之前提前夭折，完全是他们自身的命太硬的缘故。稍微脆弱一点的，都提前碎了。

十二

　　来到这座小城的第一年，在烟山林场接受监督劳动期间，曾怀林见到的就是那样的一些孩子和他们的大人。

　　森林里的蘑菇是属于谁的？关于这个问题，当地有一个群众自编自演的由六名妇女表演的小演唱，很好地回答了这个问题。她们打着竹板，齐声唱道："……不属于你，也不属于他，属于我们伟大的社会主义……"挑选最好的蘑菇，分批出境，去支援亚非拉人民的革命斗争。他们吃了来自中国森林里的蘑菇，会更加有力地打击一切帝国主义及其走狗。

　　十七岁的伍桂梅总是能够发现那些被漏掉的有幸残存下来的别人又都发现不了的蘑菇。曾怀林在林场附近第一次见到伍桂梅的时候，她正带着她的两个弟弟在一片光线十分暗淡的树林子里搜寻前几天大规模采集后遗漏的蘑菇，其中的一个弟弟躲在一棵树上负责警戒。 要不是他突然对下面的伍桂梅说了一句什么话，曾怀林完全想不到那棵看上去安详宁静的树上还会有一个人。 他朝树上仰望了一会儿，却并没有看到刚才说话的那个孩子。

看到有人在注意他们，头发蓬乱的伍桂梅从深厚的落叶里走出来，她把她的另一个弟弟安置到一大丛紫色的枝叶后面，她自己则提着一个篮子，像是在挖野菜，不时地蹲下去挖一会儿，不时地在她认为是合适的时候偷偷地飞快地朝四周观察一下。

曾怀林就是在那时候猛然看到了伍桂梅脚上的鞋——两只再也不能够穿的露出全部脚趾的鞋。

那一刻，曾怀林感到惊愕，心里像是被重重地刺了一下，以至于再抬起那些沉重的湿木头的时候，竟没有以前那么吃力了。 薄雾笼罩了山林，遍地露水，没有人知道这片寂静的山林存在了多少年。 那种前面像鱼嘴一样张开的鞋子他见过，但迄今为止，他还从来没有在一个十七八岁的年轻姑娘的脚上见过。 这片理应富庶的山林，仿佛受到了不祥的诅咒和摆布，让生活在其间的人们过着截然相反的生活。

年底，一家人终于能够获准团聚几天的时候，曾怀林对冬冬说起了伍桂梅。 他说在林场那边，有一个年龄和你差不多大的姑娘，穿着一双露着脚趾的布鞋。

冬冬马上说，她家里一定有一个后妈吧？

　　那时候明训还在，在距离县城四十公里以外的雾岭学校。寒假已过去三分之二，她才从学习班请假回来。由于她是学习班里头号的靶子，所以请假就格外的困难，甚至就完全没有可能，学习班的对象没有了，学习班还如何存在？矛头又能指向哪里？总不能无的放矢吧？最后是由于很多人都想回家过年，她也才沾了群众的光，获准回家几天的。失去了群众的土壤，她这棵恶草也只得暂时停止生长，进入霜冻期。

　　关于曾怀林提到的林场那边的伍桂梅，明训说，一定是家里没有，只要有一点办法，任何一个家里都不会让一个那么大的姑娘穿那样的鞋。

　　她又问冬冬："你能穿那样的鞋吗？"

　　"该穿的时候也得穿。"冬冬说，"不过我更愿意光脚。"

　　"冬天的时候呢，也光着脚吗？"

　　"那还是穿上好一些。"

　　"那么，是不是由此就能够说明你也有一个后妈呢？"

　　冬冬终于明白了，一个人穿那样的鞋，其根本原因不在于后妈不后妈。

　　好几年了，自从厄运敲开家门，曾怀林夫妇一直都觉得对不起两个孩子，喟叹他们投错了胎。尤其是更小一些的多多，在人生的孕育阶段，在还没有变成人形的时候，便有一幅灰暗可怖的图景为他打开了，烟熏火燎，诡异无常地在那里等待着他。 好在他来到人世以后并不清楚那是什么，也丝毫没有意识到自己与别的那些孩子有什么不同，只是隐隐地非常不明确地觉得有一些可怕的面目模糊不清的事情找到他们这个家里来了，不容分说地缠上了他的父母，任凭他们怎么努力，想尽一切办法，也还是不能够摆脱。 他看见他们有时候好像酷热难当，汗流不止，有时候却又像是从冰天雪地里回来的，四肢僵硬，寒气袭人，不知道是什么缠上了他们。 有一些夜晚，他从那些有着古怪图景的梦里惊醒，看到父亲的那个位置是空的，或者是母亲不在，有时甚至两个人都不在，屋里只有从梦中醒来的他和姐姐。 有一天，连他们两个也不在屋里了，被人叫到一间刷着蓝油漆的房子里，问他们的父母平时都和谁来往，经常到他们家里去的又是些什么人，他们在一起做什么，说什么话，谁的话最多……主要是冬冬在回答，多多只是靠墙站着，瞧着那两个坐在窗帘前面的人。 房子里有一种看不见摸不着的却一进去就能感觉到的像鬼故事一样可怕的东西，他今生再不想遇到，只盼着他们赶快问完，冬冬赶快说完，他们就能回家了。

在没有看见伍桂梅以前，曾怀林一直觉得冬冬是个可怜的孩子，可是，与伍桂梅一比，曾怀林顿时又获得了许多的安慰，任何一个做父亲的恐怕都会有这样的一种心理吧？ 自己的孩子并不是这个世界上最可怜的，并没有掉到最底，在她们的底下还有人，不仅年龄相当，而那同样也是一些有血有肉、有梦想的生命。 冬冬也穿旧衣服，可看上去总是显得

开会

光线

某年夏日

在家里

雨天

干净、整洁。 而伍桂梅衣服上的扣子的颜色甚至大小都不一样，五粒扣子，三种颜色。

国内的形势一片大好，但贫农的女儿伍桂梅却连一双完整的鞋都没有。

每一个政策，每一个运动，每一个理由，看上去都能站得住脚，有些甚至显得非常必要。 又由于必要而堂皇、正确，让人看不出它有什么不对。 没有不对，就应该顺应，也只有顺应。 一个人能做什么？ 能释放出多大的能量？ 拆卸开也没有多少，不过一百多市斤。 如果再把他的喉咙勒紧一些，不出一个星期，他就会变成一小堆腐烂的连到处漂泊的流浪狗都不吃的真正贻害周边的废料。 个别的人在他们的隐秘遥远的内心深处略作思忖，但很快也会过去。 聪明的做法就是什么也不要想，每天让自己高高兴兴。 曾经的所思所想，让它们从哪里来再回到哪里去，最好莫过于把它们永远丢弃，永不再提及。 这办法能保护你呢，保佑你和你的家人与灾难擦肩而过，平安无事。 贫农的女儿没有鞋穿到底是什么原因，调查清楚没有？ 就不会是因为她的父母不善于精打细算地过日子而造成的吗？ 有没有这样的一种可能：山野的孩子，她本人压根就不喜欢穿鞋？ 你这样哭天抢地地想为她争取到一双鞋，可曾想到那也许会对她造成最大的束缚？ 只盯着阴暗的地方看，不好的地方看；只看见少数人露出脚趾，为什么不看看大多数人的脚趾都在他们的鞋里安安稳稳地睡着觉，做着梦，斗志昂扬，干劲十足地微笑着？ 百分之五十一以上就应该算作是社会的主流，相信没有露脚趾的人应该远远超出这个数字，大多数人的脚趾不是露在外面的。渔民，在田里插秧的，还有那些故意不穿鞋的除外，他们不应该算作是没鞋的。抓住一点，就拼命地攻讦，用个别情况代替普遍现象，只有敌人才能做出这样的事。更何况，我们斗争、奋斗，正是为了让每一个人都能有一双干净温暖的鞋，每一个人都有一套多余的用来换洗的衣服，这对人的自尊心有好处。但在另一个方面，也容易使人们养成追求享受的坏毛病，这样的尺度也往往并不是那么好把握的，总以为还欠缺一些，实际却早已够了，早已过头了。世上的事情，任何一种事情，最难把握的就是它的分寸。

不过，等曾怀林再次回到林场的时候，伍桂梅已经有了自己的鞋。

十三

原因只有一个，她出嫁了。她脚上的新鞋并非社会斗争或个人奋斗的结果，也不是哪一个阶级的恩赐或配给，而是得益于她自己的婚姻。在媒人的来回劝说和撮合下，她把自己交给了一个陌生的男人，走进了那个人身后的那个陌生的、婚前只去过一回的家。要说是革命的结果，也还算准确，那就是她革了自己少女的命，割断了前十七年在树林子里捡蘑菇的少女时代，从此人世间多出了一个名叫伍桂梅的年轻妇女。

林场里的人们说，出嫁了的伍桂梅至少有了三套衣裳，鞋呢自然也在三双以上。从衣服到鞋，全都是新的。周围那些未婚的姑娘和已婚的妇女都去看过，她们表情丰富，但内心的感受比脸上的表情更为复杂，头绪纷繁。姑娘们在欣赏过婆家那边给伍桂梅送来的新衣新鞋后，大多数人都想到了自己的将来，衣服至少也得三套，鞋当然也得三双以上吧。想想自己的容貌，应该不在伍桂梅之下，将来得到的聘礼怎么也应该比伍桂梅的多吧？虽然那不能决定一个女人一生的幸福，可至少关系到一开始的那几年，那也并非一点儿都不重要。而且，伍桂梅的那三套衣服中，有一套实在不怎么样，尽管也是新的，从来没有人穿过的，可无论穿在谁的身上，都会显得老气，至少让你的年龄看上去增加了十几岁，甚至二十岁。那样的衣服，谁穿上谁显得老。伍桂梅的这件事也给大家提了个醒，这样的教训得记住，将来尽可能地不让它在自己的身上重演，首先重点关注衣服的颜色和式样，质量可以先不计较。

有些已婚的女人在看完后回家的路上，猛然联想起了自己的聘礼，猛然发现当年的那一切简直就好像是一场骗局，对方送来的两只不算大的做工也十分粗拙的板箱，箱子里要是有满满当当的东西那也算，问题是两只箱子的里面基本都是空的，那不是一个让人往里钻的骗局是什么？现在想起来，等于是把自己十分潦草地白送给了别人，越想越觉得难过。回到家里，饭不做，鸡也不喂，坐在树篱边上呆呆地看着远处的风中的玉米和青蓝而高远虚无的天。

伍桂梅走了，从此曾怀林再没有在林场的附近看见过她。有时看见零星的蘑菇，看见一丛一簇的打着白色和棕色小伞的蘑菇，曾怀林会突然想起那个名叫伍桂梅的姑娘，想起她提着篮子，在树林边假装挖野菜的样子，想起她蓬乱的头发和像鱼嘴一样张开的鞋……一个时期过去了，又一个时期开始了。再有初来乍到的人，站在这片原始的树林前时，断然不会想到曾经有一个叫伍桂梅的姑娘，时常带着她的两个弟弟，在光线暗淡的树林里偷偷摸摸地找蘑菇。她的两个弟弟，一个像猴子一样藏在树上望风、警戒，另一个像机警的小猎犬或小狐狸一样在茂密的枝叶之间灵巧地穿梭。如果能捡到一篮子蘑菇而最终又不被抓住，进而又不被悉数没收，也不会牵连、殃及正在密林深处为伟大的祖国和友好的亚非拉人民辛勤伐木的父亲，姐弟三人就会理所当然地认为他们是这个世界上最走运最幸福的人。

十四

初升的朝阳带着节日般的光焰来到这片貌似与世隔绝的山林中，某些时候，它很像是上面派出的神秘而强势的工作组，居高临下地察看着各地的劳动情况，听取每一个角落里的斗争汇报，真正的深山老林更不应在遗忘之列。 有时，深厚的乌云又会使这片无数个世纪以来一直都有生命繁衍不息的山林变得古老、遥远，凝重而肃穆。 但熟悉天气变化的人们都知道那不过是一种暂时的现象，一道短时间内临时垂下的，却足以让一切目光短浅的人以为世界从此就将如此的布景。 这布景给他们造成那样的一种印象或局势，有些性急的人就会首先跳出来，按照阴天的方式和规律进行活动，上蹿下跳地表演，充分地暴露他们身上的此前一直未有机会暴露的越来越多的丑恶的东西。 历史的经验告诉人们，完全用不着处心积虑地去琢磨谁。 把谁推进一个坑里，有些人自己就会想方设法地跳进去，你不让他跳，他还会认为你居心叵测。 等他们表演够了，就可以拉闸、填土，关上笼子的门。

曾怀林戴着一顶表面趋于褐色或浅酱色的破草帽，有时他摘下草帽在脸前扇风的时候，脸前并没有多少凉意，反倒是肩头上被木头压伤的地方会因凉风的舔舐而变得生疼，像是在上面出血的裂缝里撒了盐。

本来是两个人抬一根原木，从仙人沟抬到大场子，可是曾怀林渐渐地发现整个原木的重量都到了他这一边，原木的那一头已经没有人了。

有一天，一直与曾怀林搭档的阎松长被突然调到场部，成为一名政工干部。

再见到阎松长的时候，曾怀林惊异地发现，已经完成任务的阎松长看上去已不大能够再记得他曾经的这位抬木头的搭档了。 看到戴着一副脏旧的灰蓝色套袖的曾怀林，阎松长的表情十分地犹豫和不确定，他那张洗得干干净净的略显白净的脸上正在显示一种复杂的心情：似曾相识！ 眼前这个被一根根雄伟的祖国和世界革命急需的栋梁之材压得毫无生气的男人确实好像曾在哪里见过，到底是在哪里呢？ 他想不起来了。 不过，对方头上戴着的那顶趋于褐色或浅酱色的破草帽却让他觉得有些不太好，这些人，至于那样嘛，戴那么一个既不能遮阳又无法挡雨的东西，在他看来，除了用心不良，存心捣乱，一笔一画地给社会抹黑，再没有任何意义上的作用。 这要是让向来都喜欢挑我们的毛病的外国人看见了，还以为我们的人民生活得多么的不幸呢，正中了他们的下怀。

他慢慢地走着、看着，心里已经开始打腹稿，开始在构筑工事。

不行！ 下一步，要郑重地向上级提出自己的建议：不能再让这些人戴那种不三不四的所谓的草帽了！ 那能叫草帽吗？ 那只会让他们看上去酷似旧社会的饱受剥削和压迫的苦力和无家可归的流浪汉，那算什么！ 他们难道还生活在过去吗？ 对，建议他们要戴就戴那种鲜亮一点儿的黄白的上面印有红太阳图案的，同时还应该有一根小绳系在脖颈上，不戴的时候，顺手一推，草帽就会滑到背后，就像电影和宣传画上画的那样，并配有相应的一张热情无限的面孔……是的，那才是真正的草帽，它最能体现劳动和革命的喜悦之情。

他本人的手里现在就恰好有一顶颜色黄白鲜亮的、上面印有一轮红太阳的即如他本人所认为的真正的草帽。宣传画上的领袖有时会把一只草帽拿在手里，不过，天地做证，他阎松长绝没有模仿领袖的意思，完全是通过一次又一次的实践摸索出来的。他发现阳光不太强烈的时候，把草帽拿在手里要比戴在头上更好一些。实践出真知，不亲自尝过梨子，怎么能知道梨子的滋味。别人无论说得再多，那也是别人的经验，等到了自己这里，那至少已成了不折不扣的二手货，甚至三四手、七八手的材料，几近于传说，距真理愈来愈远。

不过，有一点他确实是忘记了。就在一个多月前，最多不超过两个月，他本人的头上也曾戴着那样的一顶颜色趋于褐色或浅酱色，现如今被他看作不三不四的并主张坚决予以取缔的所谓的草帽，临到场部报到的那一天，他忽然找不到它了——更像是它知道自己的命运似的知趣地提前消失了——也就再没去管它，找到了，也无非是把它再扔掉。

他穿着雪白的衬衫，脸上的微笑不是针对某一个人的，而是献给整个山林，以及山林上面青蓝的天空和下面的落英缤纷的大地。

他是陪着刘学威主任来检查这批木材的，到月底，它们将永远离开这片它们生长了多年的山林，被运抵天津港，并不在那里停留，只是通过那里中转一下，它们的重要性和紧迫性不允许它们在途中的任何地方作过多的停留。

就要离开熟悉的山林和故乡了，这批优良的木材静静地躺在寂静的大场子里，每一棵的树龄至少都在八十年。

一只幼小的颜色灰黄的野兔慌不择路地跑着，一头撞到了刘学威主任的腿上。刘主任先是被这突如其来的撞击吓了一跳，但很快就看清这不是一次有敌意的攻击，而且对方比他本人还要更加害怕、惊恐。他飞起一脚，脚还没有落下来，小野兔已经翻滚到了十几米以外的一片早已凋谢了的迎春花的棕黄色的干枝旁。就在它挣扎着想从地上翻身起来的时候，阎松长早已赶到了，一把攥住了它的一条短短的细细的后腿，轻轻地将它拎了起来。"刘主任，您的战利品——"像打了一场胜仗一样，喜气洋洋地走了过来。

刘主任斜着眼睛看了看那只由于极度的害怕而不停地抖动着的小猎物。

阎松长说："这个年龄段的兔子应该是最嫩的。"

"好。"刘主任威严地砸出一个掷地有声的字。

他们沿着一条由木工班开辟出的用碗口粗细的桦树和柞树拦成的通道，向场部的方向走去。"您还不知道我还有别的一种手艺吧？"他们的身影已经被茂密的枝叶完全遮挡了，却还能听见阎松长的兴奋不已的声音，"我还擅长剥兔子，收拾野猪和狐狸，从头到脚捋下来，能剥下一张完完整整的皮，一点儿也不会损坏。"

十五

油锯班的几个工人说，阎松长的真实身份原本就是一名政工干部，他以工人的身份来到林场，干最苦最累的活儿，那是为了完成一个秘密的任务。现在，任务很有可能是完成了，他自然也就复位了。

但也有人说，没有那么神秘，他就是一名工人，就是靠成天竖起耳朵，收集别人的问题，靠打小报告最终爬上去的。他有没有在平时闲聊时与你说过什么，比如对社会的不满，对形势的分析？你有没有顺着他的思路，接起他的话茬？你要是受到他的情绪的感染，说出和他一样的话，甚至远不如他的话那么夸大，那么激烈，你就算钻进他预先设好的圈套里去了。他与别人聊天的目的也就达到了。

曾怀林不知工友们的哪一种说法更接近事情的真相，他本人也被弄糊涂了。作为一段时期以来朝夕相处的搭档，曾怀林还真的辨别不出阎松长是一个什么样的人。如果说他真的就是一名普通的工人，那么，在这么短的时间之内，他到底是如何完成身份转换的呢？因为，现在的阎松长的一举一动更像一位从事过多年政治工作，具有一定的经验和斗争实践，甚至见识过一些大风大浪的干部，而完全不像是一个刚刚从工人孵化成干部，不久前才从大树下和密林中解放出来的，羞羞答答地忐忑不安地走向办公室的新手，无论如何都不像，任何一个新手都不会是那样的。 那种样子，靠装是装不像的，总有一些不像的地方会让别人的眼前倏忽一跳。尽管他假装不认识曾怀林，有些地方也表现得很幼稚，但曾怀林觉得也许另有原因，那是否也正证明他在幼稚的外衣下包藏着一颗更为成熟的心？

如果像油锯班的师傅们认为的那样，他是以一名政工干部的身份秘密地打入到工人们中间，以一副蓬头垢面、受苦受难的形象在悄悄地充满耐心地开展着他那够得上瘆人的工作，那真是太令人不寒而栗了。 光是这么浮光掠影地在事后想一想，就让曾怀林感到害怕，感到整个山林都变了色，变了味，背后和周围阴风习习。

因为从一开始，曾怀林就没有往别的方面想过。 木头那一端的自己的这个搭档，难道不是一个可怜的老实人吗？ 有时候三四天才在林中的某一条小溪边洗一次脸，连内裤的前面和后面都分别打着补丁，说是这两个地方最为脆弱，最不耐磨。 有时候甚至干脆不穿内裤，洗过后就晾在一处高高的树杈上，因为妨碍了松鼠的正常生活，还被那些灵巧的尖爪子拎起来扔下来过一回。 这样的一个人，你无端地怀疑他、猜忌他，你会暗自觉得自己刻薄、多疑，非常的不厚道。 而且，最关键的是，你有什么理由？

他的话多吗？ 应该说在某些特定的时刻，比如说坐在木头上闲聊的时候，比如在饮下小半瓶当地酿造的高粱烧的时候，他的话会非常之多，像是开春后的河面上的凌汛，拥着挤着往前赶，好多个话头，时而浩浩荡荡地相互交汇，时而又各自独立前行。 曾怀林觉得自己也能够看出来，他没有把自己当外人，完全就是两个长期生活在密林深处的战友。 他针砭时弊，指出社会的毛病和问题，能够让他称赞的东西少之又少。 无产阶级、资产阶级、社会主义、资本主义、帝国主义，没有一种制度是没有问题的。 毫不乐观地说，没有一种制度是完美的，这也正是人类千百年来不断起纷争，隔些年就要血流成河的主要原因。 他说问题就在于每一个人都是利益的追逐者，谁少了都不干，革命，不革命，都是为了要活下去，所以，世界注定会永远斗争下去，根本就不可能有一个没有斗争的世界。 绝大多数人都瘦得如同皮包骨头的山羊，大家共同喂养着极少数脑满肠肥的剥削者，一份低廉的工资就会让一个人俯首听命一辈子。 偶尔会丢给你一把青草，几粒黑豆，会被说成是集体的福利和优越性，会大肆宣扬，声声入耳，像雨前的雷声一样，恨不得让每一块石头都知道有这么一回事，有这样的一种超自然的优待和幸福。 接下来就教育你应该懂得恩情和报答，不能只进不出。 那么，好，把你家里的隔夜粮贡献一点出来吧，这是一种做人的起码的觉悟和道德。 拿不拿东西出来，拿多少，成为衡量一个人的标准。

有一次他甚至问曾怀林，依你看，那个什么什么的主义能够实现吗？ 曾怀林吃惊得差一点从身下的那根原木上滚落下来。 这个人，曾怀林越来越不想和他在一起说话了，曾怀林甚至觉得自己都没有勇气和胆量把阎松长说过的那些咻咻地冒着火星的话通过自己的嘴再重复一遍,他开始有意地逃避了。 干活儿中间休息的时候,曾怀林总是装着去方便或洗脸,有意地走开,为的就是能够躲开一会儿。 他在林中的小溪边坐着,并不是真的要洗脸,只是为了能够清静地挨过那一段痛苦的聊天时间。

但是阎松长似乎并没有看出他在有意躲避,他正在不无焦急地找他,还埋怨曾怀林一去就是这么半天,把大好的时光全浪费了。 阎松长拿出自己的烟,又亲自给曾怀林点上。就在点烟的那一小会儿工夫,话匣子又打开了。

"这个社会不简单啊,"阎松长说,"都成了这样了。 却还能够一年一年地过下去,一天一天地运转下去。 靠的是什么呢?"

他看着曾怀林,却并不需要他作答,他只管坐在那里抽烟和倾听就行啦。 他需要的是眼前有这么一个人,眼前有一个人和没有一个人完全不一样,要是没有一个人坐在那里,他说给谁去? 寂静的山林? 之所以要停顿一会儿,就是为了要强调事情的严重性和重要性,问题是他提出来的,当然最终的答案也还得要由他本人来公布。

"靠的就是大多数只顾及个人利益的、一生都在混饭吃的芸芸众生,远看是模糊的一片、一群、一个共荣共辱的集体,走近了,就会看到一个又一个的货真价实的小人。"

每当阎松长说这些的时候,曾怀林总是坐在一旁静静地安分守己地听着，想走开又没那么容易，又不能太不顾及对方的脸面。但他绝对算不上是一个优秀的甚至称职的听众，因为他从不提问，也不表示赞同或反对，阎松长的那些话更像是说给他面前的一棵树听的。

果然，有一次一向很有耐心的阎松长终于忍不住生气了，他对一直沉默不语的曾怀林说：

"咱们在一起也不短了，我前前后后说了这么多，也换不来你的一句话。我就是随便说给一棵树听，那树上的叶子也会抖动几下，摇晃几下，表示它们听懂了，理解了。可是你，连这都没有。为了和你聊天，你前前后后抽了我多少烟？"

曾怀林不无惭愧和歉意地说："对不起，我真不知该说什么才好。"

倒不是因为曾怀林天生就有一个敏感的头脑和一颗早已破碎的易于防范他人的心，也不是因为他从一开始就有所觉察，觉得阎松长有诱供的嫌疑，是在放长线钓大鱼，先用感人动听的话语将对方俘获，进而放松警惕，消除戒备心理，直至将其肺腑之言从他那个紧锁着的幽深封闭的世界里一步一步地引诱出来，先露头，再现身，然后一举擒获，最后稳准狠地打他的七寸。没有，曾怀林还不具备那样的一种对政治的警惕心理和一个食草动物般的过于灵敏过于警觉的有着良好嗅觉和听觉的头脑。

他之所以始终一言不发，只是在默默地抽烟，让滔滔不绝又时刻都心怀期待的阎松长倍感恼火，以至于终于绝望，一切都碍于他目前的身份。在这个位于深山老林中的林场里，他知道应该更苛刻地约束自己，自己把自己捆得越紧越死，对身后的那个家庭就会越有好处。任何人，他们想说什么，想做什么，那是他们的事。明白了这一点以后，他常常自我鞭笞，时不时地紧一紧自己身上的绳索。一个人活在世上，时时能感觉到一种疼痛，那就是一种极好的提醒和教育，人生在世，再没有比那更好更有益的伴侣了。

另外，林场里大多数的人都是本地人。世代久居于此，真正的山林的子孙，树木的儿女。而他，初来乍到，满眼生疏，分不清针叶林和阔叶林，分不清同样都在有风的时候哗哗作响的哪些是山杨树，哪些又是白杨树。除了白桦和红松各有明显的特征外，其他的树木在他的陌生的眼里都像是一个大家族里的成员，甚至操着相同口音的孪生的兄弟姐妹，说着本地的话，做着外面的人不了解的事。而他，一看就是从遥远的外面来的，已经半年过去了，还仍然格格不入地十分可笑地把遍地的蘑菇叫作菌子。菌子，多么可笑，多么猥琐的叫法，好好的蘑菇怎么会有那么一个阴气十足、细腰细腿、獐头鼠目的名字？林场周围的女人们张着她们的大嘴，没少取笑过他。他也暗自决定要废弃原来的叫法，尽管他明白无阴不成菌，蘑菇就是菌类。但是，为了更彻底地改造自己，为了更好地融入当地，一定要管菌子叫蘑菇。连这一点都改不过来，还妄谈什么改造，妄谈什么在劳动中锻炼，脱胎换骨。 可是，积习难改，总也变不过来，一不小心就又把蘑菇叫成了菌子。

如此，他能够与素昧平生的阎松长推心置腹吗？ 当然不行，且不管他是什么底细，何种来历。

阎松长认为他不如一棵树，那是因为他在他的身上辛辛苦苦地忙活了大半年，到头来一无所获，颗粒无收。

十六

什么时候学会了保护自己？

而且手无寸铁，而且那一切又都是在一种不太清醒不太明确的情况下不知不觉地完成的？ 事后再想起来，连他本人也感到吃惊不小。 那是怎样做到的？ 或许并没有做什么，从头到尾就只是一种自觉的抵制，一种本能的收缩。

是的，在与阎松长的周旋中，他委实没有做过什么，只是沉默和一再的沉默。 事实上那也根本不能叫作周旋。 周旋是双方面甚至多方面的腾转挪移，而从一开始起，他就像一只怕冷的被从南方地区捉来的鸟一样，将仅剩的几根寥落的羽毛小心地收拢起来，紧紧地贴在冰冷的身上，一动不动地蜷缩在那里。 仅仅是由阎松长一个人在那里或慷慨或悲愤或婉转地唱着一出又一出的独角戏，唯一的一名听众没有表情，没有反应，甚至自始至终连一声孤单的掌声都没有。

在那种情况下，谁还能再继续表演下去？ 阎松长手段再多再高明，肩负的秘密再重要，他毕竟也还是一个人，是人，能力就不是无限的，就会有许多做不到的事情。更有一些事情，穷其一生，也无法接近半步。

一年以后，当曾怀林从密林深处走出来，奉命回到县里去宣传队报到的时候，回荡着林涛和风声的自然的岁月已在他的身上和心里烙下了深深的印记。曾经让他难为情的"菌子"一词已从他的意识中基本消失，日后，除非是特定情景下的触景生情，他不会再想起它的那个使他的改造明显受阻，原以为叫什么都一样的名称。取代它的当然是蘑菇，是那些打着小伞、安详宁静的蘑菇，它们优雅美丽的身影自出生以来一直都从容不迫，从来没有像人那样朝悲暮喜，慌不择路，或者血泪斑斑，乱成一团。

十七

很快，宣传队的锣鼓声就开始以一种探囊取物或深夜叫门的方式侵入他的肌体，他每天不得不面对并长久地聆听。

没有庄严，更谈不上幸福，有的只是纷乱和不适，只是被裹挟其中的无奈和痛苦，还有仅他一人独有的羞辱。对于锣鼓声，对于喧嚣，对于乱，他发现大多数人其实是喜欢的，在匮缺的时候，会设法制造一些出来。

那震耳欲聋的锣鼓声，很难做到左耳进右耳出，很难不往心里去。刚来时，曾怀林曾有过一个幻想，想让那遥远的山林中的阵阵林涛声永远回荡在他的心里，将其他的一切杂音都阻挡在外面。 但是后来，他很快就发现那样的幻想只是一种幻想，说是一种幼稚病也对。

宣传队的领导并不是队长和副队长，而是团长、副团长，因为它原本就是一个剧团，好多位略有姿色的女演员都与几位领导有着说不清道不明的复杂关系。 尤其是一位唱花脸出身的副团长，大有后来居上的意思，现在不唱花脸了，留起了油亮的背头。 有一次，头发油亮的魏团长对同样头发油亮的副团长说：

"个别的你可以动，但不能全动。"

魏团长打了一个比喻：比如一桌菜，正常的人，你应该只动离你最近的那一两个，而不能每一个都上去啃一口；每一个上面都留下你的牙印，每一个你都搅和一下，别人怎么办，别人还吃不吃了？

魏团长后面还有话，但他把那些说出来足以让听者难堪，同时也会让说的人更加难堪，甚至会暴露其缺乏修养的话，留到了不久以后的一次会上，又经过理论的武装，最终让那些原本只配在街坊市井间私下里暗暗涌动、秘密流淌的猥亵之词陡然上升，具有了相当的高度和体面，变成了一番响彻云霄的也能够以威武的黑体字的形象和红色楷书的面貌出现于任何地方的时代宣言。 他说，她们，我们，我们所有的人，都要以百倍的热情和精力宣传毛泽东思想，占领文化阵地，凡有碍于这一指导思想的一切行为都必须坚决制止，坚决予以取缔。

散会后，头发油亮的副团长对团长说：

"不要把作风问题上升成政治问题。"

"你懂什么！ 你只知道和女人们胡咧咧。"魏团长说，"世界上没有无缘无故的爱，也没有无缘无故的恨，用不着上升，作风问题本身就是一个政治问题，从来都是。"

贾英兰，宣传队的顶梁柱，优秀党员，深受老百姓的喜爱，被誉为与人民同呼吸共命运的艺术家，但与她有过暧昧关系的男性，从十七岁到七十一岁，上自省内高官下至剧团小生，至少十八人。 对于这样的一个人，到底该如何看待，如何评价？

曾怀林没有想到，从密林深处走出来，离开了风雪弥漫、林涛阵阵的山林，却一头闯入了这么一个龌龊的团体。尽管就劳动强度来说，宣传队不知要比林场轻松多少倍，宣传队最大的道具箱，也没有那里的半根木头重。 不过，即使宣传队的劳动强度与林场是一样的，甚至大于林场，他也没有选择的权利。

在宣传队，他将继续接受监督和审查，此前罩在他身上的一切一样也没有减少。 不过，从林场到宣传队，本身就是对他的一种阶段性的小结和鉴定，是一次表扬和奖赏，是由于他在林场期间"表现较好，未发现有什么新的反革命行为"。 另外，宣传队也并不是一个谁想去就可以去的地方。刚来到这座小城时，为什么不让他直接去宣传队，这还不足以说明吗？

　　这座夜深人静后时常有怪声怪气的响动出现的院子，屋檐上的一棵草，屋脊上的一丛紫蒿，都要比多年来一直吵吵嚷嚷地占据着它们并把寂静从它们的身边夺走的宣传队更为年长一些。有些野草，也许在一个世纪以前就已经在这里扎根了。四年了，每次从外面一走进来，曾怀林的目光首先就会越过那道被改造成学习和批判的墙报园地，已不大能够辨认出原样的石壁，像一只飞累了的鸟一样落到对面那些布满苔藓的屋瓦上面，停留在一丛蒿草前。倒不是要干什么，也并不是担心它们还在不在，枯黄了，或者碧绿了，而是在不知不觉中形成了一种连他本人也完全说不清原因的习惯。

　　到底看什么呢？倘若有人问他，他觉得自己恐怕也回答不上来。

十八

　　有一个时期，前后有好几年，宣传队的人以在皮鞋的鞋底下钉铁掌为美，走路时发出一种清脆的咔咔作响的响声。如果在深夜，有那么一个人在某一条铺着沥青或者水泥的街上行走，整条街上都会回响着那种十分轻佻而又不无得意的响声，如果闭着眼听，很像是清脆的马蹄声。不过不用上去打听，肯定不是马，一定是宣传队的某一个人，刚刚排练完或者刚刚吃完夜宵回来。除此之外，他们还喜欢把穿在里面的红色或粉色的练功服在裤子的末端露出那么一点点，那在他们看来也是很美的，至少在这座偏远的小城里代表着一种时尚和前卫。 就连人到中年的魏团长走起路来，也会发出像马蹄一样的声音。 包括魏团长在内，没有人认为那种清脆的人为的马蹄声很轻佻、很贫贱。

曾怀林的鞋上没有铁掌，所以他是宣传队里唯一的一个走路不能发出马蹄声的人。 仅凭这一点，宣传队的人也很难将他引为同类。 倒是另一名曾因强奸罪入狱，刑满释放后又被特招进宣传队的庞士龙，在宣传队里过得如鱼得水，男女演员都将他视为兄弟，亲如一家。 而曾怀林是模糊而遥远的，更是极其陌生的，尽管他每天都准时出现在宣传队里，那也丝毫不能抵消大家的那种挥之不去的生分感。 所以，群众反映：曾怀林的改造不算是很成功的。 不仅仅因为他叫不出很多人的名字，觉得身边的同事千人一面，异口同声。 他只知道他们既有最时兴的革命意识，又有旧时戏班子的诸多传统习惯。 当他们浓墨重彩地在台上朗诵的时候，像极了天真烂漫的孩子或忧国忧民的志士仁人；而当他们不朗诵的时候，当他们隐身于日常生活的夜幕下的时候，他们又会露出戏班子的底色和传统艺人的天生本性。

在反复观察过宣传队这个群体之后，曾怀林决定对他们采取同一种态度：无论男女，一概敬而远之。

他心里清楚，敬并非敬重，而更是一种对于自身的约束和捆绑。 与其说是敬，倒不如说是畏惧更为恰当。 宣传队里的每一个人，上自头发油亮的团长、副团长，下至拉幕的吴传富、烧水的邢师傅，每一个人都有着无限的能量和斗争精神，需要的时候，他们能把一件事做得人仰马翻、鲜血淋漓。 一个平时笑不露齿、温柔贤淑、看得出也不是没有教养的女子，在关键的时刻，心一横，粉面含春，玉齿微露，笋尖般的兰花指落下来，竟会是一具锋利无比的铡刀。 纵然你有若干个头颅，也不够它塞牙缝的。

这些人，无论是谁横在他的面前，都是一座难以逾越的山。 更何况，还有政治上的靠山，他们彼此都是同志，即使相互打得头破血流，吵得恶浪翻滚，操祖宗，掘坟墓，反目成仇，最终也还是同志，也还是人民内部矛盾。 而他不是，无论多么客气，也还是不能代替原则，有一条难以逾越的界线注定他要永远滞留在彼岸。

每天离开宣传队，从那个一两个世纪前就已存在的院子里出来，走在回家的路上，是他一天中最为高兴的时候。

坐落在城北原野上的那个简易的家啊，就是他们人生旅途中的又一个再真实不过的停靠点、落脚处，在房子前面弯弯曲曲的白杨木栅栏静静地关闭着，一整天都在等待着有人回来将它们轻轻地打开。

"快把我们打开吧——"

曾怀林无数次地听到它们好像在这样说。 它们因长久的闭锁而关节变形，静脉曲张，线条不再流畅，身影也早已不再挺拔，它上面的叶子也不再能够找到它们，不知都流落到了何处。 甚至，它们好像也害怕见到生人？ 曾怀林这样觉得。

　　他轻轻地将它们打开，走进由它们围起来的那个小小的院子里以后，知道自己又到家了。 家就是家的气息，与外面任何地方的气息都完全不同，院落的尺寸虽然有些狭小，但却是一个能令他一回来就能暂时感到安慰的世界。 整个童年时期、青少年时期，像所有的孩子一样，他也做过数不清的梦，也有过太多太绚丽的幻想，但就是从来也没有想过未来的某一个时期，他和他的家人会有这样的一个家，一个坐落在偏远小城外原野上的，由白杨木栅栏围起来的家；什么样的美景都曾闪现过，就是从来没有看见过眼前这样的一番情景。 从屋门口通向栅栏入口处的是一条远看如同一根银色飘带一样的沙土路，因为没有砖，大自然躯体上的沙子就成为最好的选择，他们从河边一筐一筐地运回来。 下面是一层粉红色和黄米一样的沙子，上面一层灰白色的沙子，铺在最原始的生荒地上。 下雨的时候，雨水随下随渗，飘带一样的沙土路上没有泥泞，真的就像是一根洗得非常洁净的飘带。

十九

　　挂在门楣上方的打了籽的老黄瓜和老丝瓜是别人送的，是让他们在院子里种的，但他们一直没有种，不是因为懒，害怕劳动，而是没敢种。 他们倒是很想用劳动的汗水洗刷他们的耻辱和错误，但与周围人迥然不同的身份和处境使他们感到这件在别人看来不过是在院子里栽种一两棵黄瓜的再寻常不过的事，却承载着相当的风险和众多不可知的变数。 许多刚刚平静下来的事情说不定又会因此发生惊人的改变，形势急转直下，如脱缰的野马，迅速地滑向另一个深渊。 无须过多地权衡，便可知这是一件凭他们自身的人力完全可以避免的事。 多少年来，类似的凭自身的能力能够平息能够扑灭能够换得平安的事，十分鲜见，在他们的记忆中实属稀世之物。 他们深知不要让自己的生活等于甚至高于周围人的生活——事实上这早已成为一个虚妄的非现实的错误的估计和担忧——，这是换取平安的一个重要的因素和筹码。 尽管一家人都曾不止一次地幻想过当碧绿的黄瓜和丝瓜在窗前的院子里一天天地长高长大的时候，会是一番怎样的情景，但仅限于幻想，仅限于在想象中种植、生长、攀爬，收获绿荫。多多说他看见窗前的屋檐下至少有十几根碧绿鲜嫩的黄瓜悬挂着，但冬冬说绝不止那几根，因为有些不愿意成天在屋檐下悬挂的已经随着长疯了的茎系上到了屋顶上，她从外面回来，还在白杨木栅栏外面的时候，就看到它们像一些绿色的士兵一样一动不动地埋伏在寂静的屋顶上，隐蔽在重重叠叠的绿荫中。 两个孩子争论不休，一齐问曾怀林，到底有多少呢？

到底有多少呢？

在到处巡查的治安联防队的眼里，当然是一根也没有，连同这处简易的房子和院落也几乎是一目了然的。 有时候他们并不进来，只是隔着那道白杨木栅栏停下来朝里面张望一会儿，看到两间简易的房子和院子一片死寂，就知道不需要再进去细看了。 他们能够在白杨木栅栏外面这样放松警惕，让曾怀林感到高兴，这也正是他不栽种黄瓜和丝瓜的主要目的。 任何一个院子里都可以瓜果满架，绿荫如盖，但自己的这个院子就应该是寸草不生的、坦白的、清清楚楚的、不存在隐秘的，让他们一看就觉得放心。

有时候，联防队员走进别的院子，立足未稳，那家的主人便会放出戴链子的狗吓唬他们。 为什么不能吓唬他们？这些人，也该被吓一吓了。 平常，一般情况下，都是他们在吓唬别人。 他们主要是对付敌对势力的，而我们又不是敌人，我们是正大光明的人民群众，我们只不过是在有限的院子里种了一些日常吃的瓜菜。 世上不管好人坏人，无论哪个阶级，什么阵营，谁能够不吃饭呢？ 不吃饱能有精力互相斗争吗？ 不吃饭就会是死人，大家都是一样的，再无所谓好坏，无所谓敌我。 你们去军区大院里套着的那些独门独户的小院子里看一看，看看董司令员的院子，梁政委的院子，焦参谋长的院子，哪一个不是郁郁葱葱、柳暗花明，要甚有甚？ 董司令员是谁？ 俺不知道他是谁，也不想说他是谁，更不想把他抬出来吓唬你们，俺只知道他的亲娘是俺们家老奶奶的表姐妹，这些菜籽儿还都是从他那里拿回来的呢。 按他的意思，还要送给俺们一些花籽儿，想让俺们的生活在柴米油盐之外再鸟语花香一下。 是俺们坚持不要。 俺们说，够了，有菜吃就行了，花就不要了，就免了吧。 能吃饱能战斗就行了，花不花的并不重要。

二十

百丈河从这片寂静的旷野上流过，没有人关心它最终流到了哪里，应该是进了海里，还能去哪儿呢？ 不然就是流着流着就没有了，没有通向任何地方就消失了。 就像一个人，在人生的旅途上走着，走着走着，就忽然不见了，再也不出来了。 认识他的人，都不知道他去了哪里；不认识他的人，压根儿就不知道这世上曾经还有过那么一个人。

对于大多数人来说，每一个陌生的具体的人，其实都是不存在的，从来不曾有过的。 你以为你有名有姓，有血有肉，有过欢乐和悲伤，也有过你的家庭和一些亲朋好友，也有过几十年的寿命，就想当然地认为自己也曾经在这个世界上活过，但那只是相对你个人而言；对于大多数不认识你的人来说，这个世上从来就没有过你这么一个人，你的确是不存在的。 似乎也正是因此，有些人在短短的几十年里，一直都在想拼命地留下自己的痕迹，以证明曾经有过他这么一个人。 有人留下灵魂般的精神，有人留下包括建筑在内的实物。 看到万里长城，后人会想起它的缔造者，知道曾经有过那么一个有权势的人。 对于大多数既没有权势又没有精神或梦想的人来说，什么也不会留下，终其一生，犹如蜻蜓点水，或苍蝇飞过。

曾怀林曾经也有过自己的梦想，但早已被粉碎。梦醒之后，他翻身坐起，茫然四顾，发现自己已被搬动过无数次，频繁变动的人生场景让他感到应接不暇，而此前的色彩斑斓的梦境早已不复存在。偷眼望去，只剩下几种似乎消褪得最慢，然而又形同困兽的颜色：愚昧而忠诚的绿色，乌云般的砖头瓦砾一样的灰色，白色传递着无边无际的恐怖，红色也不再是万紫千红的那些红，更像是血迹，黑暗很容易让人猜想到地狱外墙的颜色。

星期天，上午他去位于旧日的人民委员会旁边的那间装有铁窗的办公室汇报思想，他已是这里的常客，连附近树上的鸟似乎都已熟悉了他的身影和脚步声，看到他又来了，它们都不出声地看着他，偶尔扇起的一只翅膀仿佛是一声招呼和问候。汇报一直持续到下午一点，听汇报的人终于感到不耐烦了，也有可能是觉得饥肠辘辘，曾怀林呈上去的那份不知重复写了多少遍的材料，连看也没看，随手就扔进了一个文件柜里。然后看着窗外，对曾怀林说：

"今天就这样吧。"

走到第二级台阶上时，曾怀林听到那个人一边奋力关上窗户，一边自言自语地说道："真是烦死了！"又把桌上的一个白瓷的笔筒碰得叮当乱响。

那时候，曾怀林的心头不禁掠过一阵短促的惊喜：他感到烦了，这应该是一件好事；怕就怕他永远都不烦，一直都兴致盎然。

回到家里后，发现冬冬和多多都已经走了。曾怀林到处看了看，看见早晨洗过的碗和筷子还像他临出门前那样放在那里，没有动过，便断定两个孩子又都没有吃饭。

他有些愧疚，这样的事已不是一回两回了。

站在白杨木栅栏前，望着身边的原野和内城里若隐若现的街道，他感到心里的某个地方好像被完全掏空了。

他也没有单独吃饭。他找出两个孩子的几件衣服，蹲在门前慢慢地洗着。明训在的时候，这样的活儿是不劳他来干的。冬冬也一天天地长大，已到了那种能把一件衣服洗得很干净的年龄。她也明确表示，家里三个人的衣服，她完全能够对付得了，且绰绰有余，因为每个人的衣服只有那么几件。但曾怀林还是希望她能少做一点就少做一点。他鼓励她去看电影，只是因为票并不是很好买，所以看得也并不多。有时候她兴致勃勃地出去了，但不一会儿就又回来了。那种时候，做父亲的想从她年轻的脸上捕捉到一些沮丧和失望，却很少能看到。

多多的衣服口袋像一个小型的杂货铺，有沙子，零散的火柴，铁制的红油漆的五角星，形单影只、散兵游勇般的某一个跳棋，型号各异的钢珠，最小的比绿豆大不了多少，最大的一个竟有鸡蛋那么大……曾怀林把它们从里面倒出来的时候，也许是最大的缘故，它独自向白杨木栅栏那边滚去。

不远处，郑永福一家人之间的内战又一次打响。曾怀林起身在院子里的绳子上晾衣服的时候，看见郑永福背着一卷简单的辨不清颜色的行李，胸前抱着一口锅，站在门口，那就是属于他个人的全部家当。郑永福的头上斜缠着一圈白色的绷带，那是前几天内战时的纪念。

过于频繁的争斗已使周围的人们失去了过问的兴趣和关心的热情，再加上他们没有亲戚没有朋友，一开始还有人去劝一劝，但渐渐地就再没有人去了，任凭他们一家人你死我活地打着，打得满天的星星都出来又回去了，还在打。

像从战场上溃退下来的伤兵一样的郑永福，背着行李，抱着锅，要到哪里去呢？

（过了很久以后，曾怀林才听说，郑永福抱着的那口锅，表面看上去很完整，没问题，实际却是一口破锅，那也是他们家庭内战的结果之一。锅底有一道像女人头发一样的又细又长的破绽，不仔细看是看不出来的，它只能用来炒干的东西，如果倒水进去，所有的水都会从锅底那道细缝里漏走。郑永福眼神不好，从来没以为自己拿着的是一口有破绽的锅，因为炒剩饭的时候从来没有发现锅在漏，问题一直没有暴露。只是觉得饭里有一种明显的烟火气，还以为是火大了的缘故。直到烧水的时候才发现了问题，没有人往出舀，锅里的水却全不见了。看锅下面的火，死气沉沉，也快要灭了。满屋子雾蒙蒙的东西，像烟，又不是烟，他认真地闻过了，肯定不是烟。像雾，又不是纯粹的雾，因为人在雾里是不会觉得很呛的，不知道是什么东西。 后来他好像意识到了什么，站在屋门口，把锅举起来，对着太阳看，看了一会儿，终于在漆黑的锅底看见一线亮色。）

门前的绳子上晾着洗好了的衣服，滴滴答答的水珠往下掉着，让曾怀林想起了遥远的童年时代。 他和哥哥妹妹在湿淋淋的衣服下面跑来跑去，每当有凉凉的水珠掉进他们的脖子里时，他们都会大声地尖叫，叫声中有夸张的成分，也有最真实的感受。 更小一些的妹妹甚至常常被清凉的水珠激得不住地摇晃，嘴唇乌青，像是在打摆子。 害怕水珠滴到脖子里，却又在湿淋淋的衣服下面来回兜圈子，逗留不去，期待被刺激到，还希望别人比自己更惨。 那时候，每天只知道疯跑，从来也没有想过当时的世界是什么样子的，若干年以后的世界将又会是一种什么面目。 世界对他们来说，是轻而易举就能够用皮尺丈量出来，并得出准确数据的，长多少，宽多少，高多少，入深多少，都是有解的。

后来，就越来越难了。 大还在其次，最主要的是深不可测了，世界不再有答案。

听完一席情真意切的话，你是否就以为对方的心灵已向你无遮拦地敞开？

直到现在，直到在这片原始的旷野上安顿下来，曾怀林也还是经不住这样的诱惑，猛然听到一声亲切的略显温和的，甚至完全平常的呼唤，会激动得忘乎所以。 他是这样理解的：那情真意切的话语，难道会有假吗？ 假的怎么可能会那么滚烫？ 每一个字都重重地带着人生的温度落到他的心上，有的像是长了触角和四肢，还会延伸到更深更远的地方，由不得他不信。 他也曾提醒自己，遇到事情，且慢相信，先等一等再说。 可那样的提醒仿佛惊涛巨浪中的一叶小舟，很快就被巨大的信赖所裹挟，席卷得无影无踪。 剩下的只有刻骨铭心的感动和接近于迷信般的信任。

经历了那么多的不幸，怎么就不长一点记性呢？

作为一个女人的丈夫，两个孩子的父亲，多年来不断地跌倒，落入陷阱，更多的时候是眼睁睁地堂而皇之地从正面被直接击倒，本人难道就没有一点点责任吗？

当然有，他对自己说。 怎么会没有呢，有些事情甚至完全就是由于自身性格的原因造成的，不能怨别人，不能怨社会，不能怨斗争。 因为世界向人们显示：人从一生下来开始，就跌入了矛盾中，落入了斗争的旋涡中，直到多年以后你闭上眼睛离开这个世界，那一切才算结束。 更有甚者，人已经死了，但围绕他的矛盾和斗争却还在继续。

早知后来会这样，当初也许就不应该组建家庭，有了家室，妻子儿女就成为他身上最软弱的部分。 一次次地接受检查、惩罚，并不是为了自己能够苟活下去。 如果仅仅是孤身一人，他相信没有什么邪恶的力量能够让他屈服，成为一名亡命天涯的孤胆英雄也不是没有可能。 赤身裸体地被搜查？他宁愿整整齐齐地囹圄地死在他们的面前。

可他是一个有家室的人，这一点是最让他感到举步维艰的原因，也是他一次次地配合各级专政机关的最主要的原因。 事实上他们并没有将他完全剥夺得一干二净，还为他保留了一个家，一双儿女，一个妻子，甚至还有一份降到最低的工资和几份口粮……所有这些，都如同地球引力一样使他始终无法独自腾空而去。 这是有意为之，还是最低限度的人性？ 或者只是为了能够更好更有效地控制他？

站在寂静的原野上，站在身边的白杨木栅栏前，有时他觉得能够听到一种来自空中的密语："不能把他都剥夺光了，得给他留一点东西，留一点让他割舍不下的。 一无所有的人是最不好控制的。"

是的，什么样的人是最自由的人？ 应该就是那种被剥夺得只剩下一条命，真正一无所有的人。 那样的一个人，相信没有任何势力能够奈何得了他，不管后者如何强大，如何残暴，他都不会再害怕他们，因为他实在再找不出一个害怕的理由，就剩下一条甚至半条命，犹如头上的一顶千疮百孔的破帽，谁想要尽管让他们拿去。

但是他目前显然还没有走到那一步。 明训虽然不在了，但冬冬和多多还在，而且正在成长时期，他们就是压在他心头的最重的一对砝码，他这边一动，他们那边必然会立即失去平衡。 与其说他不想得罪这个世界，毋宁说他是在配合着两个孩子成长的步伐，默默地维护着他们，他们每走过平安的一步，他都会悄悄地松一口气。

有些书里常把儿女比作父母手中的风筝，渴望他们飞翔,却又时刻担心,害怕他们飞走。 但曾怀林的感觉正好相反,他觉得自己才是一只风筝,而线头就在冬冬和多多的手里,在他们还没有长大成人之前,他觉得自己不能够让他们看不见他,既然当初答应并约好了要陪他们来这个世界上玩,哪能够又临时反悔,悄悄地挣断线头,一走了之呢? 剩下他们两个孩子,他们必然会满世界找他,而注定又不会有让他们满意和高兴的结果,注定是找遍整个世界,也找不到他们要找的那个人。

想明白这些以后,再去配合各级专政机关,就不再是一件太困难的事。 因为他心里有了底,知道自己在做什么,还知道所做是为了什么。

二十一

尽管专案组的明海一再强调这个偏远的小县与全省全国是一样的,标准是一样的,步调也都是一致的,但曾怀林到来不久便发现还是有很多不一样的。 比如,在旧党校院子里第一次搜身的时候,那就明显地与省里是不一样的,而那次搜身最大的变化就是:没有专门检查肛门! 负责检查的明海好像连提也没有提过。

而在省里的时候,前后两次搜身都没有逃脱掉。 在一个人的监视下,他们让他在盥洗室洗干净,然后去另一个房间里弯下腰,分开两腿,接受检查。 你没有分辩的机会,说你的肛门里没有隐藏任何秘密。 这话没有人听，也没有人想听，他们只是在做他们认为应该做也必须做的一件事情。 当然，他们也从没有意识到他们的某一部分工作与肛肠科大夫的工作已十分接近，因为他们从事的是政治，与医学无关。即使把谁的肛门不小心弄破了，然后再带你去就医，那也是政治需要，而非医疗行为。

在旧党校那座寂静的院子里，在窗前满树海棠花的映衬下，负责检查的明海一下也没有提及要检查那个地方。 是明海的疏忽吗？

这前后的悬殊，这巨大的变化，足以让已提前做好展示隐秘准备的曾怀林在时隔多日之后仍然感到侥幸而欣慰！ 这座偏远的貌不惊人的小城，并没有用顺理成章的完全能说得过去的羞辱来迎接他，它的高纬度的气候下包裹着的并不是与表面相同的寒冷。

是由于天高皇帝远吗？ 从那座海棠花盛开的院子里出来后，曾怀林曾这样问自己。 不能不承认遥远的重要性，而世界又是高低不平、模糊不清的，总有一些地方是他的光芒所不能到达的，总有一些地方是他的马鞭所指不到的。

这座偏远的外冷内热的小城啊，它懂得尊重自己，也知道顾及别人，没有一开城门就给远道而来的人以羞辱。 同样，曾怀林觉得自己也没有羞辱这个地方，没有刚一到达，便用被迫暴露的私处来面对它……一种说不清道不明的古老而又遥远的东西在这中间起到了至关重要的作用，使得双方的那点可怜的尊严都得到了一定程度的维护。

　　曾怀林时常教育两个孩子，想让他们从心里喜欢上这座偏远的小城。 一年中难得有闲暇的时候，一旦有一点空闲，他就会带他们去看小城颓败的城墙，城头上的青草，一种鲜艳的花蕊是红白两色的名叫"鬼辣椒"的野花，住在城墙下的像是拙朴的连环画里的情景一样的人家，城外走着的骆驼，青蓝而高远的天，原野上的小黄花、小白花……内城里的日本时期建造的车站和医院，因为有太多的优点，所以至今一直还在使用。 唯一不体面的，不大能说出口的，就是东西本身是由侵略者建造的，这让所有的人都感到英雄气短，美中不足。 要不是他们建造的，而是我们自己建造的，那就太好了，那就可以理直气壮了，甚至可以进行新的有时代特色的装点了。

　　甚至内城里南市街的一段半公里长的青石板的路，也是日本时期修建的。 那条路，好是好，可毕竟是敌人铺的，再好，我们也不能要，不是吗？ 我们总不能老走在敌人给我们铺就的一条路上吧，那我们成了什么，那我们的立场还在哪里，那我们和汉奸又有什么区别？ 算账不能只算经济账、生活账，更要算政治账，综合各种因素，还是刨了好。 决议一致通过，很快那条半公里长的青石板路转眼就不存在了，变成了一条一下雨就泥泞不堪，行人的鞋常常被吸在泥里拔不出来的沙土路。 这是车耀吉担任县长时干的一件事。 泥泞是泥泞了一点，却是一条真正的崭新的社会主义的路，没有人不为之欢欣鼓舞。 鞋被吸在泥里真的就那么重要吗？ 当然不重要，当然不应该算什么，蹲下身使劲地拔出来，抠出来，不就完了嘛，革命路上比那麻烦比那困难的事多的是。最重要的是，我们的立场没有丢，很好地保住了。

曾怀林一家人来到小城的时候，南市街上的那条泥泞的沙土路已经铺上了黑色的沥青。 夏天的中午，走在那条街上，脚下软软的，颤悠悠的，热乎乎的，感觉像是走在一条用刚出笼的年糕铺成的街上，每走一步，都像是在糟蹋粮食，暴殄天物，愧疚、不安，心重的人甚至还会有罪孽感滋生出来。 凡是打那条街上经过的人，鞋底都是黑的，还有粘在鞋底上的一个一个的玉米粒大小的焦糖般的黑疙瘩。

两个孩子很快就习惯并喜欢上了这座行人稀少的青灰色的小城，好像他们从小就是在这里长大的。 人其实是能够在任何环境里生活的，就像一粒种子，要是不能生长，不要怨土壤或气候，那多半是由于自身的问题。 那条带有日本气息，只差旁边有樱花佐证的青石板路虽然没有了，但城头上的青草还在，像斯莫尔尼宫一样的圆拱的城门还在，每天都开着，连接着人间气息浓郁的内城和城外的荒凉而生僻的原野。

内城里的西南街上还有一个不太像样的篮球场，场地不大，尺寸也完全不够，看的人稍微一多，一拥挤，周围的那些咳嗽气喘、弯腰驼背、木胳膊木腿的老房子便会发出吱吱呀呀的叫声。

作为人生中的一站，曾怀林不知道他们究竟要在这里停留多久。停留多久，不取决于他们自己的意愿，也不取决于这座同样什么主都做不了的地处偏远的小城。它的狭窄的忽高忽低的街道多少年只供人们行走，却从来不知道也不过问你是谁，你从哪里来，你要奔向哪里，是在这里常住，还是停停就走。

不过，一旦住得久了，便会发现，这座偏远的小城，它经常还会时不时地提醒或告诉你，你，你们，是它狭小格局中的某一个人，某几个人，已经或深或浅地融入并参与了小城特有的生活，每天遵循的也是这里的时间和规则。

比起过去的那种曾经有过的自以为庄严而又高尚的生活，他们一家人在这里过得更阴沉更黯淡……当他们需要什么，而这座贫瘠又固执的小城又不能给予时，他们便比任何时候都更加清晰地明白生活真的是出现了重大的变故，不然他们又怎么会在这里？这座仿佛身处世外的小城，从未向他这个陌生人以及他的家庭发出过邀请，他本人更是从不知道有这么一个地方，这中间起决定作用的不是他们双方，而是另外的一种力大无穷又不容分说的东西。那种力量把他和他的家人轻轻地拈起来，在风声中悠荡几下，然后一松手，等再睁开眼时，他们一家人已经置身于这座僻静的小城里了。街道狭窄，阳光稀薄，全县只有两辆汽车，其中的一辆还是机械厂的小型货车。食品公司、百货公司、木材公司，主要依靠人力三轮车和手扶拖拉机运货。送信的人戴着端端正正的绿帽子，雨前的燕子一样在小城里低飞着。 送牛奶的人像前来秘密接头的地下交通员一样，有选择地在临街的一些似乎有着特殊标记的门外停住，有时说着某种暗号一样的日常用语，更多的时候一言不发地从随身携带的白木箱子里飞快地取出牛奶，放到一个固定的地方，然后又飞快地离去。

二十二

有一天，冬冬对他讲了这样一件事：多多在外面受了委屈，泪花闪烁地对那些和他一样大的当地的孩子说："我本来就不是你们这里的，我们迟早还是要走的。"迟早还是要走的，到哪里去呢？ 曾怀林听后吃了一惊。 这个孩子，成天在想些什么呢？ 原以为他早已习惯了这里的一切。 这样的话要是传出去，一定会被认为有着复杂的背景和幽深的来历，只不过是借一个孩子的口说了出来。 听的人不会认为是无本之木，无源之水。

一直以来，他都认为自己已经够小心的了，除了两个孩子的安危，几乎不再想任何的问题，他要尽自己最大的努力使他们平安地成长。 多多这样口无遮拦地到处乱讲，让他的神经不能不再一次绷紧，得找个机会和他说一说。

洗完衣服以后，他又去劈柴。

他抬头看看，没有人从白杨木栅栏外经过。

前天，比现在这个时候稍晚一些，一个人牵着一头瘦瘦的小山羊从白杨木栅栏外面急匆匆地跑过，几名联防队员连喊带骂地在后面紧紧追赶。 就在一人一羊快要进入前面那片树林子里时，后面的联防队员也及时地赶到了，其中的一个人飞快地将牵羊的绳子抢到了手里。"老子姓贾！ 不服就到城关公社来闹，看有没有好果子给你吃！"联防队员们说完，带着山羊离去时，那个人躺在树林边的湿地上号啕大哭。 连曾怀林在不远处也看出来了，很显然，是他本人拖累了那只矫健的山羊，如果他不牵着，如果让小山羊自己独立奔跑，那几个联防队员是完全不可能撵上那只山羊的。 现在好了，羊也没了，天也渐渐地快黑了，他也哭不动了，哭得也没意思了。 曾怀林站在白杨木栅栏前最后一次向那片树林边张望，看见那个十几分钟前还在那里呆呆地坐着的人已经不见了。

孩子刚生下来没有奶，那只小山羊本来是要去给孩子喂奶的吧？ 联防队员们要牵走它的时候，它还反抗来着，头低着，两只细瘦的前蹄抵在地上，不配合，不听话，不想跟那些人走。 老宋说，那只羊这已经是第二次被牵走了，第一次托了人，要回来了；这一次够呛了。

他把几天前保留下来的一点油渣剁碎做馅，这是冬冬最爱吃的。

火生起来的时候，外面的天已经完全黑了。 他坐在一个小凳子上，从那跳跃摇曳的火光中好像看到了母亲，又看到了嘴角边带着一丝血痕的明训。 他吃惊地注视着，他想问她："你不是在大灰梁上的'一亩地'吗？"话还未出口，她很快就又不见了，在闪跳着的火光中默默地隐去。 看到他生起了火，她就回来了，一定是感觉冷了。 他想。 这房子，这院子，院子边上的白杨木栅栏，也都是她熟悉的，亲眼看着一点一点地建起来的，就像亲历了一个人，一种事物的成长，甚至一个简易政权的创立过程，再回来看到时，百感交集。

零星的几点昏黄的灯火镶嵌在城外的这片漆黑的旷野上。 那种时候，世界仿佛凝固了，时间也不再流逝。

从不远处的一间瓜棚一样的没有点灯的小土房子里传来一个稚嫩的声音：

"爹，我还能再吃一个吗？"

"你不是已经吃过一个了吗？"

"那是半个。"

"别以为没灯我就看不见，我还不知道你，想趁黑浑水摸鱼。 别吃了，那是留给你姐姐的，她前两天刚流产。"

"啥叫流产？"

"不知道。"

"我知道，不是一件好事，是一件中间有血的事。"

"唉，你咋办呀？ 看见你，我就觉得没希望：让你写两个字吧，你不是说你肚疼，就是说你头疼；一打听这种事你就来劲了，两个眼睛贼亮亮的，哪儿也不疼了吧？"

"爹，我告诉你一件事，你可别说出去——"

"你能有啥事。"

"大头他爹回来了，就藏在他们家放山药的地窖里。"

"别胡说！他早就不在人世了。"

"真的还在，就在他们家的地窖里。每天吃饭的时候，他们先把街门关好，然后大头和他妈两个人一起把一个篮子用绳子顺下去。"

"你看见啦？"

"那当然，我还给他倒过尿呢。大头先下到地窖里，不知在里面干啥，半天不露头。后来终于把一个红瓦罐举上来了，让我在上面接着。我一闻，好家伙，满满一罐子，全是尿，都是他爹尿的。"

"都是他爹尿的？"

"不是他还能是谁？地窖自己又不会尿尿，咱们家的地窖里哪有尿呢。"

"不对呀？几年前他就死了，有人亲眼看见他被崩了。"

"崩的肯定是另外一个人，反正他没死。"

"你看见他本人啦？"

"看见了，我都快认不出他了，眉毛都白了。"

"眉毛都白了？让我想想，他才四十多岁呀……"

二十三

我曾经问一个人："你吸过别人的血吗？"那个人一听，脸色就变了，又慌乱又紧张又恼怒。他说："你在说什么呢？当然没有，都是些不幸的人。"

我说："那么，金正武是怎么被抓起来的呢？"

"因为他反革命。"

"好。说说你自己，你又是如何当上政工科长的呢？按照你的级别，你的家里不应该装有电话，但是，就因为你做的事情特别，所以你享受着和你的上级一样的待遇，电话直通到你的家里。"

他狠狠地看了我一眼，然后咬着牙转身走了。

如果我没猜错的话，他一定又是报告去了，说有人向革命干部（主要是指他本人）反攻倒算。他就是干这个的，一般情况下，瞄上了谁，说抓谁，谁就很难再逃脱掉。

明训，别为我担心，我并没有真正地质问过那个人，这样的质问和愤怒只存在于无数次的想象中。我可以不考虑自己，但是不能不顾及两个孩子。真正的自由当然是那种没有任何牵挂的人，可是那样的自由又有什么意义呢？一个人，世界上没有任何他牵挂的人和事，这样的人生至少我不认为是美好和有意义的。

冬冬大了，知道为别人担心了，哪一天我回来得稍晚一些，她都会焦急地等待，以为我又被抓走了，在白杨木栅栏前四处张望。

为了两个孩子，我也不会让自己再有事了。每一天，当我从内城里狭窄的街道上穿过，走向坐落在城外原野上的家中时，我感觉自己紧紧地夹着一条伤痕累累的尾巴，像极了那些没有主人，没有家园，没有同类，贴着墙根行走的四处流浪的狗。

有史以来，人类创造了那么杰出的文明。从小到大，我们读过那么多的书籍，从中吸取了无数的知识和营养，按照自然法则来说，也应该是有力量的、强壮的，因为我们吸收过了，被滋养过了。自然的、人生的、人性的。可为什么我们却随着年龄和经历的增长而越来越软弱，越来越有问题？我有时会为这种软弱感到羞耻和愤懑，不知是什么在从中作祟？回头再看看那些一个字都不识的人，他们反倒是一些更强硬的人，天不怕地不怕，就连打喷嚏、咳嗽，这类最微不足道的小事，都要比我们这些白以为掌握了知识，自以为了解历史，了解世界和人类的人要响亮得多，理直气壮得多，这难道不奇怪吗？（那天排练的时候，我小声地咳嗽了一声，坐在我旁边的娄伟对我说："干吗这么小声，怕把苍蝇们吵醒吗？"前面几排的几个人回过头看我，他们一定看到我的脸红了，我真是不知该说什么好。）

请原谅这些老生常谈，但历史总是在惊人地重现、重演，让人不得不再次提起。

说点儿高兴的事吧。

这一年，我学会了制作月饼，是从老苏那里学会的。他曾是人民委员会和武装部的厨师，退休后，专门教周围的人制作月饼，很多人在他的指导和调教下都学会了，这中间就包括我。要是没有两个孩子，我也不会去学这些的。学是学会了，但原材料的匮缺会直接地严重地影响你的制作水平。无论你有多高的技艺，关键的材料无论缺了哪一种，你也会做不成功，比如食用油。

油是大家共同面临的一个难题，困扰着几乎每一个人。因此，周围很多的人都在琢磨、研究：如何能用最少的油，甚至不用油，就能制作出又酥又香的中秋月饼？这样的想法被老苏知道后，老苏毫不客气地一棍子就把人们的这种不无美好的愿望和设想打死了。

老苏说："那不可能！"

"你们真敢想！"老苏说，"我做了一辈子也没敢想过这种事。又不想费油，又想烤出又酥又香的月饼，这和梦想亩产十万斤，勒令一锅白开水变成一锅饭，有什么区别？纯粹是白日做梦，永远不可能！"

中秋节的前一天，我去专案组谈话，不能回家。冬冬带着多多去大灰梁上的"一亩地"看你，他们给你带去了我亲手做的月饼，你见到了吧？让你见笑了。还是那个问题，主要是油没有用足。要是用足了，不会是那个样子。

老苏来看过我做的月饼，掰下一块尝了后也说："还是那个问题，油不够。 让我烤，我也只能烤成这样儿。 已经很不错了，一看就是月饼，谁也不敢说它是馒头。"

　　这样的书信，更多地存在于曾怀林漫长纷繁的思绪之中，出于对安全的考虑，它们从未借助于纸张和笔墨，以书面的形式出现过。 常常是在他烧火做饭的时候，在内城里或原野上走路的时候，一个人坐着的时候，冥冥之中，他觉得有人正在与自己交谈。 当然，更多的时候是他在说，在汇报，在讲述。 置身于烟熏火燎中，清晨的大雾，宣传队轻快持续的鼓乐声中，甜蜜的和苦涩的记忆会交替而来，童年的、青年的、中年的，常常会不可思议地叠印在一起，相互穿插、糅杂，仿佛是同一个时期甚至同一天里发生的事。 他惊异地注视着，思索着那些被打乱了次序的人生章节，它们从已然成形的既定的轨道中脱离出来，变成了一些不受时间顺序约束，谁想往前就能往前，谁想退后就退后，谁想模糊不清，谁就能模糊不清，每一章都可以独立成篇的活页材料，看上去比一场有一定规律的流星雨更为随意。

　　他觉得自己很难再把它们重新装订整理成册了。

二十四

　　宣传队驻扎在一个叫云崖的地方已经六天了，原定的演出早已于三天前结束，路上的结了冰的积雪成为宣传队滞留的主要原因。

　　没有到过云崖的人，都会以为这是一个十分陡峭险峻的地方，曾怀林最初听到这个名字时，心里也立刻升起一种即将就要在天上行走、攀缘的感觉，而且一路上的颠簸和震荡也在证明着此番前往的云崖是一个险恶异常的地方，一路上的感觉似乎也正是一次痛苦的剥离肉身、凡人升天的过程。

　　摇摇晃晃的运送宣传队的拖拉机几次停下来加水，像人一样喘息、摇头，就差没有说话，说自己走不动了。有时候在上坡的时候突然没有声音了，所有的人立即下来，一方面是害怕，另一方面是需要下来推车，推不了一会儿，一双双手就都会冻得又红又僵。即使不推车，人们也都会下来，因为拖拉机一声不响地停在倾斜的坡上不能算是一种吉兆，再喜欢坐车的人也会觉得心神不宁。它看上去病歪歪的，谁能保证它某个部位不会突然断开？就连司机本人也赞成大家不断地上来又下去，麻烦是麻烦一点，可这更能让他觉得踏实、放心，因为连他也吃不准这个突突乱响的铁疙瘩到底会怎么样。另外，从车上下来，还可以趁机活动一下冻僵了的腿脚，即使没有别的危险，他也要劝人们下来活动活动呢，一直坐在上面不下来，会冻出毛病来的。而要是真的都冻坏了，哪里还能够演出呢，这一趟不仅白来了，一路上的罪白受了，宣传上面的方针政策，宣传毛泽东思想，岂不也成了一句空话。

　　云崖其实是一个盆地，这让所有没有到过这个地方的人都没有想到。盆地里有森林，有煤矿。当它以极为平静的姿态迎接并将外面进来的人纳入它的寒冷的怀中时，几乎被冻僵了的人们依然首先痛切而又清醒地发现并体会到了主观主义的危害和影响。 咱们以为人家住在离天不远的地方呢，实际人家却平得不能再平。 魏团长说。 拖拉机在堆积着红松和白桦树的木场里一停住，魏团长首先把一直藏在棉布手套里的手拿出来，用手掌和手背贴住那些一路上一直都在压迫封锁着他的眉毛和胡须的冰霜，希望用自己的真情和温暖去感化它们。 他一只手捂着眉毛，说，事实证明，主观主义不反不行，一刻也不能放松。 从一九四二年起，我们的党就开始反对主观主义了，如果要细溯它的历史，应该比那还要早，早在第一次国内革命战争时期就已经开始了。 宣传队里的一个女人说，谁说不是呢，想当然就是不行！ 房管所的张小英，没去以前，我一直以为是一个二十多岁的小姑娘，等后来见了才发现哪是什么小姑娘呀，是一个矮墩墩的男人，而且还满脸伤疤，吓得我连要办的事都忘了。 魏团长把手从脸上拿开，那些冰霜在他的感化下纷纷融解，释化成一些规模如同眼泪一样的凉水。

三天的演出任务完成后，宣传队不得不继续留在云崖。前去探路的人回来说，别说拖拉机，再拉上满满一车人；眼下，就连单个的鸿雁一样的送信送报纸的人都来不了云崖。因为，就在宣传队到达的当天晚上，一场纷纷扬扬的大雪开始下起，好几场演出都是在漫天飞舞的雪里进行的。 先期下的雪既没有融化，又没有被风带走，它们和大地紧紧地板结，吸附在一起，全都变成了比土地本身更加坚硬的冰。 后面又下的雪就直接揞在冰上，经过夜晚的凝固，很快也又成了冰，冰越变越厚，羊都不敢在上面走了。

有两个晚上，有人发现魏团长不见了，但天亮以后却又出现了。 他披着大衣，站在宣传队驻地的门前，把脚下的冰雪踩得吱吱作响。 没有人问他昨夜去了哪里。 很多人都明白这样一个道理，人生在世，刨根问底充满凶险。

宣传队的女演员们结伴去云崖的木场里剥桦树皮，主要是为了桦树皮最里面柔软细腻、最薄最光洁的那一层，颜色有的黄白，有的棕黄，还有的洁白中映着一种微微的粉红色，她们用来制作信笺和书签。 桦树皮的书签要比一片干树叶的书签结实得多，因为它有一种皮革的品质，不会开裂，不会掉渣。 有一个出手很快，曾在过去的旧戏里扮演过秦香莲的名叫赖小鱼的女人，竟然从木场里带回来整整六十四张又柔软又光洁细腻的桦树皮，说是要给她的儿子订一个充满森林气息的笔记本。 身手敏捷的赖小鱼，一点也不像是那个哭哭啼啼的秦香莲。

曾怀林也惦记着家里，惦记着白杨木栅栏里的两个孩子，不知道他们这几天怎么样了，他最担心的是怕他们夜里熟睡后被煤气熏倒。 当地人们管煤气叫"闷烟"，每年冬天，都会有人在睡梦中被沉默而严厉的"闷烟"夺去性命，永不再醒来，在那蓝幽幽的鬼魅的带领下，越走越远，不管第二天早晨的阳光多么明亮，空气多么清新，那一切都已经再和他们没有关系了。 其中不乏那些烟熏火燎地生了几十年火，在日复一日的炊烟中度过了大半生甚至一生的人，能说他们没有办法没有经验吗？ 临走时，他特别嘱咐冬冬，晚上睡觉时，一定要先把灶膛和炉子里的火灭掉，因为他们完全不具有看火的本领和经验。 冷一点可以对付，一两顿饭不吃也能过得去，但那至少是安全的。 不知道这几天他们有没有按他嘱咐的去做。

二十五

雪后的云崖，清冷凛冽，太阳就算明晃晃地出来了，也是一副遥远的冷面孔，光线里没有暖意，大地寒光闪闪。 可是，就是那些没有什么暖意的光线，照在人的脸上，脸就没有夜晚和清晨那段时间里那么冷了。

站在雪地上，一件旧的短大衣穿在身上，感觉就像没穿衣服一样，但他并不觉得太冷。 在那些光线比较暗的地方，雪后的大地闪着一种空气般的蓝幽幽的光芒。 肥胖的树枝，像极了丰年里的食物，近看也是白的，雪白的，养尊处优的，没有受过磨难的，可站在远处一看，也有蓝莹莹的空气薄雾一样展开在那里。 过于洁白就会孕育出蓝色，是因为它们已白到了极致，不能再往前走了，前面已无路可走？

据说更白的东西也是在蓝色中孕育、出落成的。 他想起一件事：有一天多多从外面回来，自出生以来从未洗过哪怕是一块手帕的他，竟然声称要自己给自己洗衣服，洗的是一件儿童节上穿过的白衬衫。曾怀林说，留着我们洗吧。多多说，不行，你们不会洗，只有我才能洗白。曾怀林后来也看出来了，他主动要求洗衣，而且只洗他那一件，洗衣的兴趣和动力全在于最后一个环节：在半盆清水里滴入一些写字用的蓝墨水，待墨水把盆里的清水染成稍重一些的淡蓝色后，放入他的少年的白衬衫，然后反复漂洗。曾怀林问他是从哪里学来的办法，多多说，这办法在同学们中间流传得可广了，很可能全世界的孩子都用这种办法洗过他们的白衬衫。最后，他把衣服捞出来，在眼前慢慢展开，眼神里充满期待和喜悦，用相当肯定的态度向他的父亲和姐姐征询又炫耀道：

"看看，是不是比原来白多了——"

白得有些发蓝呢，就像这雪地。

阶级斗争，推拉砍杀，你来我往，在那些不无戏剧性的过程中，一些阶级胜利了，一些阶级被消灭了，像二月里的雪水一样消逝得无影无踪。过一些年，也许需要很多年，当初被赶走、砸碎的那个阶级突然又回来了！他们不是早就被消灭了吗，为什么在时隔多年之后又会卷土重来，回归故土？难道他们从来就不曾被消灭？难道他们一直蛰伏在野外，隐藏在天边？可当初他们都是以极其具体的形象和姓名，有血有肉的温热的躯体，一个一个地倒下，一批一批地消失的，以阵营为单位，以集体作斤两，眼见得都葬身于历史，或埋进了土里，那多年之后又活过来的到底是些什么？

一场革命过后，犹如积雪覆盖着的大地，一切旧的先前的东西纷纷被埋葬、掩盖。 站在寂静的雪原上，他仿佛看到一条无限的没有什么力量和东西能够斩断、碾碎的精神或魂魄。 没有什么更好的答案，他依稀看到的那条无限的底线应该就是那能够不断复活的不死的东西。 有了它，世界才不至于完全涣散、崩坍。

许多论述里常有这样的判断：历史在这一刻——甚至这一瞬——偏离了她的航向。 但曾怀林觉得，历史从来没有偏离过自己的航向。 什么是她的航向？ 她所经过的每一段行程，就是她的本来的航向，即使是最不堪最黑暗的岁月，也是她的必经之路、必要之旅，非经过不可，脱离了任何一个环节和时期，都将难以为继。 而事实上也根本无法脱离，因为只有那一条路可以通过。 历史之所以成为历史，就在于她忍辱负重，从未见风使舵，从不避重就轻，走的是一条荒芜悲壮的路，而不是一条一转弯就能看见假山和餐厅的湖畔小径。

历史令曾怀林感到羞愧，一个所谓的家，两个尚未成年的孩子，成为他苟活于世的主要理由。 世界以碎玻璃的形象，以水银的成分，在他的心里溢漫、洇陈。

"可是，"身体里面的一个声音小心翼翼地询问，"照顾那两个孩子，难道是一件令人羞愧的事吗？"

"当然，"另一个声音回答说，"与轰轰烈烈的革命和发展相比，照顾自己的两个孩子，真不是一件正大光明的事，完全拿不到桌面上。"

那么，什么样的事又是让人不羞愧的呢？ 革命？ 牺牲？

是牺牲，从已有的无数的经验来看，绝对应该是牺牲。粗暴或暧昧地夺去他人的性命，然后再以同样的方式把自己牺牲掉，一了百了，这样最简单。 即使是为耻辱而毙命，死亡本身也会让所有可能有的纷争化为乌有。 如果运气不错，能够以一种正当的，在历史教科书里也能说得过去的方式把自己保存下来，更不啻为一种造化。 不过，保存下来也并不等于从此就万事大吉，相反却意味着你从此开始扮演另一种角色，演得好坏与你的才干有关，也可以说与你无关。 各种新的问题开始显现、定影，荣耀当然也在其中，而悔愧就藏在荣耀的后面。 当荣耀像晨雾一样渐渐散去，唇亡齿寒的时候，剩下的就只有悔愧了。

所谓的新问题其实也还是一些老问题，只不过是改换了一下名称。 名称一变，人们就会觉得陌生，那些折戟沉沙的人，人们都以为是被新问题打倒了。

一群人站成一排，当所有的人都忽然后退一步，你就会被立即凸显成唯一的一个勇敢者，唯一敢于站出来的人，尽管你一直站在原地，也未曾动过一下。

躲在你后面的那些人，那些退回去的大多数，他们值得你防范，因为他们从来也不会感到悔愧，无论他们做了什么或没做什么。 对于不知悔愧的人，怎样的防范都不为过，到时你就会发现，无论怎样的努力，都会显得乏力而不够。

而有些人，他从来也没有防范过他们，比如那个车耀吉。 从一开始起，从在东门外的卷心菜地里第一次见面那一刻起，曾怀林就不相信对方会是一个浑然天成、天衣无缝的饵，所以才会一见如故。 说来也奇怪，那和见到阎松长时完全是截然不同的两种感觉，尽管他们的脸上和身上都没有明显的标志，并未标明自己真正是什么样的人。 就只是一种感觉，感觉对方有妖气在泄漏，需多加提防，或者完全值得信赖，完全没有必要为不小心说出的某一句话而担惊受怕，因为对方很多时候是在悔愧与冷静的自省中度过的，这样的人是不在意别人说什么的。 更何况，车耀吉还是作为一棵烂白菜从白菜的队伍里被甄别出来，踢出来的，从革命大家庭里隔着墙头扔出来的。 而阎松长那样的人则像是经过训练以后，从庭院的小门里秘密地放出来的，精神抖擞，目光如电，竖着耳朵，东闻西嗅，一路跟踪，直到把你找出来，指认出来，把你拖到他认为你该去的地方。

时光使一切都在褪色，那些已经过去的、正在过去的和即将又要过去的都正在一步步地远去。 某一个当初最为钻心难忍的伤口，现在再重新正视它的时候，很难再想到它曾经的剧烈，看上去更像是一次不懂事的文身，不过是一块曾经被作践过的记忆的痕迹。

清冽的寒风从云崖远处的群山里吹过来，像一双双冰冷的手在抚慰着你的脸，你无法拒绝，不能躲避，只能面对，只能接受。

雪后的路上没有人，连这种天气里最常见的乌鸦也很少能看到。

有几只乌鸦停落在几棵能看到帆布戏台的树上，这些不喜欢热闹的鸟儿不知为何不去选择阒无人迹的白茫茫的雪野。曾怀林吃不准自己在十几岁以前是否见过乌鸦，这种被一代又一代的国人视为不祥之物的鸟儿们，千百年来似乎一直都在知趣地躲避着讨厌它们的人类，它们仿佛生活在人们的边缘或背面。或许就是因为它们也是不祥或贬义的代表之一，与让一代又一代的国人同样头痛的狐狸和狼之类的成为并列于同一个意义上的反面形象，也应该是历朝历代的朝野和今天的社会主义的敌人吧？小学课本里画着的乌鸦看上去和喜鹊甚至别的鸟儿没有什么两样，那时候，即使面对面地碰上了，也不一定就能明白对方是谁。

宣传队驻地前面的积雪被来来往往的行人踩踏得一片狼藉、污黑、变形，新踩出的那条通往戏台下的路，像一条黑色的小溪。

二十六

一名肩膀上搭着一条帆布口袋的云崖当地的干部，正在污黑的雪地上与宣传队的魏团长恳求或交涉着什么，从远处看，更像是在商议小麦或土豆的价格问题。　云崖当地的那位干部面有菜色，两只脚陷在雪里，看不到他脚上的鞋。　他肩膀上搭着的那条帆布口袋却是在任何时候都是有用的，平时可以装东西，有时在野外回不去家的时候，还可以当褥子，铺在下面或盖在身上。　要是遇到大雨或大雪，那条口袋很快又会被折成一件雨披一样的东西防雨雪，只是由于东西本身的局限性，只能罩住头和肩膀，其余的部分就无力兼顾了。曾怀林不止一次地见过当地的人们将经过折叠以后的口袋顶在头上，在大雨或大雪中行走、干活儿，头顶上折出一个朝上的尖角，像极了在雨雾中快速行进的苏联红军。

　　本来他两个人的谈话一开始是别人听不到的，但说着说着，魏团长忽然有些激动了，禁不住提高了声音，大声地对那位云崖当地的干部说：

　　"更有甚者，还有人竟然称我们是戏班子，管我们所有的演员都叫戏子。　那天，我看见一名披头散发的妇女在她的家门口端着一个碗，一边快速地往嘴里扒着饭，一边问一个正打她门前路过的人：'戏开演了吗？'那个人说：'不要着急，那些戏子都还没吃完饭呢。'我忍了很久……作为一名基层的干部，你尤其不应该有那样的糊涂观念和错误认识，连你都这样，其他人可想而知。　我今天再强调一遍：我们不是剧团，更不是什么戏班子！　我们是宣传队、播种机——毛泽东思想文艺宣传队！"

　　看见魏团长认真了，那位云崖当地的干部便知道自己以及周围的人们的一些认识和说法是不对的，怎么能够把上级派来的宣传队叫成是戏班子呢，显然就不是嘛。农村人的嘴啊，一张张都笨得像磨盘一样，想表达个好的意思也表达不出来，让听的人一下就想到别处去了，人家不生气才怪呢。说话说不了，甚至过日子的方式和目标也都是有问题的，一代又一代的人们就那么稀里糊涂地过着。要是问他们咋过呢？他们就总爱说，瞎过呗。有人说，就算是瞎过，也得过出个道道来啊，起码稍微有点儿谱。他们就说，没有，我们没有道道，也没有谱，纯粹就是瞎过哩。这是碰上魏团长了，要是运气不好，碰上县里别的领导，还不知会怎么样呢。魏团长够有涵养够有忍耐力的了。他不断地向魏团长点着头：

"好，好！就按你说的，你们就是宣传队。我早就告诉过他们，说你们就是上级派来的宣传队。路还没有开，再给我们宣传宣传吧。"

"规定的演出任务已经结束了。"魏团长说，"也许你们没看出来，最后一个晚上，还给你们多演了两个节目呢。"

"知道，我们都知道，也都看出来了。所以人们才会像欢迎当年的八路军一样欢迎咱们的宣传队呢。我是说，这两天反正你们也走不了——"

"天气太冷了，演员们在台上又不能多穿衣服。"

"那有啥哩，那就让他们多穿点儿。是看戏呢，又不是看衣服。"

"那哪成呢？ 跳《洗衣舞》的演员，只能穿一条薄薄的裤子，上面的衣服还得露出半截手臂。 你总不能让她们穿着棉袄棉裤在台上洗衣裳，送红枣，送斗笠吧？ 一来跳不动，二来也不真实，革命文艺的真实性在哪里？ 另外，送斗笠的背景是海南岛的风光，你见过那里的人穿着棉袄棉裤吗？"

云崖当地的干部看了一眼不远处的那个几天前才用两张帆布和数十条牛毛口袋临时搭起来的戏台，台下有人们坐过的砖头木杠，现在那里冷清、空荡，一派劫后余生的荒凉破败的景象。 他又看看面前的这位由于某种原则和标准问题而变得虎视眈眈、咄咄逼人的魏团长。 他本来想说"即使不穿棉袄棉裤，也没看出有多真实"，但最终说出来的却是：

"天气冷，演员同志们在台上多穿点儿，没有人计较，更不会有人挑剔。 海南岛的人就不穿棉袄棉裤吗？ 那是还没到冷的时候，等天冷了，他们照样也得穿。"

"海南岛永远不冷。"

"不可能，哪有那样的地方？ 我就不信咱们国家还有那种地方。 冬天杀了羊，他们的肉往哪里放呢？ 总不能当天就都吃了吧？ 要是一下吃不了，天气又那么热，非坏了不可。"

"这个问题你就别替他们操心了，剩下的肉吃不了，人家自有办法，还能眼看着肉坏了不管？ 自古以来那就是个炎热的地方，他们很懂得怎么保存肉。"

魏团长摇摇头，表示不想就这个问题再继续说下去了。

　　云崖当地的干部看懂了魏团长的意思，所以，他也立即总结性地解释道：

　　"其实，台上演的是啥，人们并不在意。只要锣鼓一敲，胡琴一响，唢呐一吹，就全有了，人们要的就是那种气氛，那种场面。"

　　"王果才同志！"

　　魏团长突然大喝一声。这一回他看上去是真的发怒了，两个眼睛瞪得像摄人魂魄的龙潭虎穴，嘴也张得很大，像是要把和他面对面站着的这个比他本人整整矮一头的名叫王果才的基层干部一口吃下去。名叫王果才的基层干部似乎也感觉到了那种突然降临的气势和危险，不由自主地向后退了两步。他有些愣怔而又害怕地看着魏团长，不知道自己说错了什么，到底是方才的哪一句话惹怒了魏团长呢。

　　"太不像话了！"魏团长脸色铁青地说道，"还是个干部呢，竟然说出这种没水平的又够得上反动的话，真不知道你是怎么当上这个干部的。闹了半天，你们就是为了图个热闹。照你这么说，你们想热闹，随便请一个三五个人的吹鼓手班子不就行了吗，那还要我们宣传队来干什么？我不是吓唬你，王果才同志，你很危险，照这样下去，你迟早是会犯错误的，甚至还有可能是人头落地的大错误。"

　　听到魏团长这样说，名叫王果才的基层干部反倒不那么害怕了，他弯下腰去，把魏团长刚才由于生气而掉落在地上的大衣捡起来，小心地拍了拍上面的浮雪，替魏团长重新披上。 魏团长起初还有些不愿意呢，还有些小孩子或女人的脾气呢，赌气似的往旁边扭了一下，以示拒绝，但终于还是接受了。 只是重重地哼了一声，有些恼怒地看着王果才。

哼一声就哼一声吧，那正好说明他愤怒的心情比先前已有所缓解，王果才想。 他没有把刚给他披上的大衣再扔到雪地里去，说明事情正在朝着好的方面变化、发展。 现在王果才明白自己错在哪里了，也知道几天来一直都儒雅温和、彬彬有礼的魏团长为什么要生那么大的气了。 事情的症结就在于他这位最基层的干部，向把宣传工作看得比什么都重要的魏团长传递了这样的一个信息：演什么不重要，重要的是有演出，有热闹。

这能不让人生气吗?

他总算琢磨过来了，最主要的是严重地低估了宣传队的重要作用，甚至把他们等同于民间的那些乱七八糟、不三不四的三五个人一组的吹鼓手班子，难怪魏团长会发那么大的火呢。 这要是换成他本人，有人要是也那么说他的精心带出来的队伍，用不恰当的对比来理解他的工作，他一定也会生气的。 精心给你们准备的内容，你们却说不在意、不重要，只看重形式上的锣鼓声和唢呐声，只追求表面的热闹和混乱，对方不寒心、不委屈、不愤怒，那才是怪事一桩。 就像邀人来家里吃饭，客人一个劲地称赞你的碗和筷子，甚至还夸奖到你的桌椅板凳、窗户门框，而对你精心准备的饭菜却视而不见，并不上心，主人会作何感想?

这么一想，王果才感到愧疚和不安了。在云崖的这几天，不知把魏团长委屈成啥样了，窝囊成啥样了，从头到尾，竟没有一个人意识到，都是些只顾自己高兴，只图表面热闹的人们。魏团长和他的宣传队一直忍着，该演出什么，该宣传什么，照演不误，照宣传不误。

是的，宣传队的意义不仅仅在于娱乐，更重要的是它的政治作用，教育、宣传、鼓动，这才是它真正的作用，而娱乐只是附带的一小部分难以避免的功能。有时候这种功能想努力地淡化、削减，却也没办法做得更干净、更彻底，总还是能让人分享到一些娱乐的果实。当了好几年干部，也见过一些场面，王果才哪能不明白这样的一个道理呢。可是天地良心啊，下面的老百姓们，男女老幼们，占世界总人口约六分之一的广大的人民群众，他们就喜欢热闹，一听见锣鼓声就来劲，就精神抖擞，像吃了药一样。还把分散在远近各处的姑表娘舅，七大姑八大姨们都招来，吃饱喝足后，吵吵嚷嚷，你推我拉，乱七八糟地去看戏，却真的少有人关心真正的内容是什么，为什么要演这个节目，而不演那个节目。他们只看重热闹，就喜欢人挤人呀，挤得水泄不通，摩肩接踵最好。

二十七

王果才还知道，除非他们是带着专门的宣传任务下来的，否则，一般情况下，县里的这个宣传队其实也是高攀不起的，某些时候即使九牛二虎地攀来了，也往往会因种种原因而支应不起，因为对方觉得自己既是艺术家，同时更是负有崇高政治使命的，这可就比那些三五个人一伙的民间的吹鼓手难打发多了。 这样的话当然不能说出口。

那些人，那些走村串户，到处寻求门路，三五个人一伙的吹鼓手，到时候只要一人给他们一碗冒着热气的饭就行。夜里睡觉，从场院里抱回一捆麦秸，朝地上散开；囫囵地往上面一躺，常常甚至连灯都不需要点，呼吸着房子里的年深日久的泥土味和残留在麦秸上的白日里的阳光和风雨的味道，很快就都在越来越深的黑暗中睡着了。 连日来的奔波和劳顿就在那样的熟睡中得到一次又一次的缓解和修复。

王果才望了一眼那条目前被冰雪覆盖着的外界通往云崖的道路，眼前忽然跳了一下，他有一种感觉：某一支三五个人的长年累月到处走村串户的吹鼓手的队伍似乎就要在那路的尽头深一脚浅一脚地出现了！ 他们中有盲人，有瘸子，有穿着布鞋，脸颊像土豆皮一样粗糙，但嗓音却无比悠扬嘹亮的未知婚否的女人，还有缺胳膊少腿的，就是没有傻子。 只要听到任何一个村庄的召唤，无论多远，他们都会以最快的速度，跌跌撞撞、蓬头垢面地赶到，路能不能走，从来不在他们考虑的范围之内。 比如，要从高高的梁上去位于沟底的一个村子里演出，他们就坐在地上，顺着山坡往沟底出溜、滑行，有眼的拽着没眼的，在扬起的黄尘中，后者主要依靠声音和经验辨别前者，向同伴靠拢；一路出溜下来，有时候直接就出溜到了沟底里某一户人家的房顶上。 听到沟底里有人喊："来啦！"满面尘土的他们坐在人家的房顶上，便会露出胜利的微笑，检查一下随身携带的东西是否在出溜的过程中掉了，是否还一直紧紧地捆绑在身上。 但很多时候，没有人召唤他们，他们都是自己找上门去的，不用对方太费劲太为难，主动地把表演的价格一降再降，直到谁也再说不出什么，直到连平时最爱挑别人毛病的人也默默地起身离去。

只要他们一来，在距离政治夜校和民兵连一千米以外的防洪渠上一摆开阵势，幽幽咽咽的胡琴声一响，撕心裂肺的唢呐声一吹，整个云崖盆地就像在过年。

这样说并不是说宣传队的感召力不如那些时常跋山涉水的流浪狗一样的三五个人一伙的吹鼓手队伍，并不是贬低宣传队，抬高那些民间的吹鼓手。 恰恰相反，二者是完全不能比的，宣传队的影响更要大得多，他们是承载着政治使命来的，宣传的是统领全体人民的方针和政策。 正如魏团长所说，宣传队的作用和目的并不是要给人们解闷的，而是要告诉人们应该怎样，不能怎样。 这是二者之间最大也是最根本的区别。

然而，不幸的是，有些时候，对于大多数觉悟偏低，甚至没有觉悟，对生活和世界缺乏最基本的认识，自己不知道该怎样活，还不愿意听上级或别的人告诉他们该怎样活的人来说，宣传队的到来，也像是在过节，但这节日却让他们多了一份拘谨与迷茫，而少了一些亲切和随意。 台上的节目是生的、遥远的，甚至难以理解的，演员们是些怎样的人，也完全不清楚，两眼一抹黑。 不过，要是与听收音机听广播相比，那还是很好的、大不一样的，宣传队带来的热闹没有什么能比得了。

什么样的节日会让人感到拘谨而又不亲切不随意呢？ 应该是上通天下通地的祭祀活动，除了斋戒吃素，还得规规矩矩，不能乱说乱动。 作为一名基层干部，王果才本人在宣传队刚一到达，便感觉像是在投入并经历一次神圣而重大的祭祀。 这样的日子里，除了勤快、规矩、尽心尽力，也不能随随便便，心情说晴朗也并不是万里无云，说阴沉显然也不对，也没那么严重和夸张，就是有那么一点麻烦。 眼下他最盼望的就是等待着这感觉像是把人架在半空中的祭祀活动一结束，他就又能重新回到粗糙而踏实的地面上了，又能够安心地端起碗喝水，把狗皮帽子扣在脸上睡觉，随意地走动，对着光秃秃的田野发呆，想心事了。 他恳求宣传队再额外演出一场，并不是他本人想看，他其实一点儿也不喜欢看那些东西，前些天的那几场演出，他一次也没有正经看过，一直在为宣传队的食宿奔忙。 安排人一刻不停地烧水，把库房里的麦子磨成面，杀羊，去煤矿上拉炭，把宣传队驻地的炕烧得热热的。

但魏团长却宁可让宣传队的人都闲着，去白雪皑皑的木场里剥桦皮，在屋子里烤火，闲聊，"争上游"，下五子棋，相互间用纸牌算命，也不答应再多演一场两场。 王果才把这样的态度理解为：神圣而重大的祭祀活动不能乱来，不能够随随便便地想搞就搞，否则，那还有何神圣可言？ 而天气寒冷，演员在台上不能多穿衣服，恐怕只是其中最小最小的一个原因。 而且，如果真的决定要演出，那也将不成其为一个能站得住脚的原因和理由，完全可以被克服或忽略不计。 因为，任何一具身体，无论男女，无论老幼，事实上都并不真正属于自己，它常常会有条件或无条件地服从于很多东西。

现在，那些眼下暂时没有事情可做的一具具温热或微凉的躯体就在云崖的雪地上站着、走着，有的弯下腰将松开的鞋带重新系好，有的望着远处的蜡染似的群山出神。 每个人都有着不同的姿势，每个人看上去都对各自的身体享有充分的主权，能够控制并对其发号施令。 想笑的时候，嘴角就能够及时地咧开；想看的时候，目光也能够准确地凝视。 脸颊上忽然有些痒，一只手伸上去，很快就会让它在顷刻间得到平息和愉悦。 站在不同位置上的两个人，忽然很有兴趣交谈，于是便经过双方各自的努力，两个人终于走到一起，面对面地看着，低声地说着一些只有他们彼此才能听到的话……诸如此类，没有人会认为并相信这也是奇迹的一种，乃至这就是奇迹本身！ 所有未曾被苦难囚禁、撕扯过的人们，都会觉得这不过是最平常最普通的一种现象，甚至要多平常就有多平常，只要愿意，任何人都能够做到，因为一切都是那么的容易。 自由就是想干什么就能干什么，不自由就是不能够想干什么就干什么，这就是大多数人的自由观。而奇迹在很多人看来，首先就意味着脱离了普通和平常，不平常、稀奇，成为它唯一的要义。

只有曾怀林才能够痛切地感到，最正常的生活，最寻常最普通的举止，才是最奇迹的生活！它看似容易，似乎无须太多的成本和繁复艰辛的周折。

二十八

七十多年前，在那灰蓝色的远方，在那风雪严寒的落叶松、冷杉、白桦林和嘴角淌着蜜，双手戴着厚厚的棉手套的熊瞎子的故乡，列宁第一次向俄国社会介绍马克思和恩格斯的时候，顺便看似不经意地把一种制度作为一种理想提出来。在序言部分快要结束的时候，他又不经意地不引人注目地，仿佛是自言自语地轻声嘀咕道：

"……我们有办法做到这一切。"

是什么办法呢？却并没有说。也许说这话的时候，还没有想出什么具体的办法；也许办法早已经有了，却不能够提前说出来，需要保密一个时期——几年，甚至十几年。

一切都是依靠后来的行动一步一步地完成并最终实现了的。当初要是说出是什么办法，后来还会有那么多的响应者和追随者吗？很多事情都是不能够假设的。

在东门外的那片从夏至以后就生了虫子的卷心菜地里，

东门生产队的队长领着一些人在捉虫子，没有什么更好的办法，只能用笨办法，只能用手捉。 经过一两天的摸索后，他们终于明白捉虫子这样的工作不需要快干和猛干，而需要每一个捉虫子的人都要有十二分的耐心和细致，蹲在每一棵菜前，像给刚出生的婴儿洗脸、换衣服那样，小心地剥开每一道缝隙，轻拿轻放，像用嘴把太烫的食物吹到微温不烫的程度一样，一些虫子会被吹走。 但另有一些却一动不动，看到有危险的充满敌意的手指过来时，有些手脚麻利的就会快速地钻到更深的地方，消失得不见首尾。

东门生产队的队长是一个急性子的人，尽管是在空气清新的田野里，身边还不时地有女人们在说笑，但几天来的那种小心翼翼的工作还是让他感到憋屈而又苦闷，像一个身怀屠龙术的人，只能这里看看，那里瞧瞧。 眼见得有些油滑的虫子吱溜吱溜地从人们的视线之内逃走、消失，他终于忍不住宣布道：

"跑吧，躲吧，你们就是藏到世界上最深的那道缝里，今天也要把你们全都挖出来！"

听见队长这样说，几个捉虫子的女人顿时脸上飞红，有的条件反射地下意识地夹紧了自己的双腿。 一个梳着两条短辫子的看上去相当保守的女人甚至尖叫了一声。

"是菜生了虫子，又不是你们自己生了虫子，"队长有些诧异地看着她们，"你们这是在干什么？"

由于就在菜地边住，每次捉虫子、浇水，都少不了车耀吉。 他有干劲，有热情，但就是视力模糊。 如果不戴老花镜，可以说一个虫子也捉不住，有时候自以为捉住了，等拿起来一看，才发现什么也不是。

下一次再来的时候，曾怀林刚一在东门外的那条被野草簇拥着的沙土路上出现，就看见车耀吉正站在他的那间孤零零的小房子前面向他招手。 曾怀林沿着灰绿色的卷心菜地的田埂朝那间矮小的几乎是匍匐在地上的房子前走去，房顶上黄泥的烟囱是寂静的、冷清的，看不出丝毫的烟火气，似乎永远也不会有暖暖的象征着人间气息的炊烟从那里面升起，龙一样地在他的房子的上空盘旋、缭绕。

二十九

曾怀林没有料到，上一次的谈话一直像一条看不见的锁链一样囚禁着没有人看守没有人监视的车耀吉，使他有如一只年老的猴子，在困顿中度过了一天又一天。 这些天他一直都在琢磨、冥想，一天吃一顿饭：一根煮熟的胡萝卜，两个土豆，一段葱白，蘸一点酱，慢慢地把它们吃下去。 酱是后来才有了的，以前一直蘸的是捣碎后的粗盐粒。 看到曾怀林在东门外的沙土路上一出现，便直接地预感到解脱的时刻可能来到了，几天来的困扰将会像乌云一样散去。 他远远地朝那条沙土路上招手，便证明他心情急迫。 早一点知道答案，在他看来比吃几顿饭更重要，更能让他感到轻松而健康。

门楣太低了，每一回进门都不得不低下头，倘若一个人性格倔强，坚持不低头，那他就永远进不了这个门，只能在外面站着。 曾怀林低着头在前面走，跟在他后面的车耀吉此时更像是来别人家串门子的，来打听一件重要的事情的。 他急切地问道：

"上次说到的那个办法到底是什么办法？"

"你应该知道。"曾怀林说。

"我应该知道？ 不，我不知道。"

车耀吉猛然站住，为了证明自己的所说，他决定抬起头来，可是刚一抬头，便听见上面传来咚的一声，一个群星璀璨的世界随即便快速地从他的眼前闪过，让他仿佛回到了几十年前的战争岁月里。 那时候，包括他们在内，很多人都发现根据地晚上的天空里时常都是繁星满天，比敌占区的星星要多得多，也亮得多。 就连根据地的军民饲养的家禽家畜，也要比它们那些生活在敌占区的同类快乐得多，幸福得多，公鸡朗诵，母鸡唱歌，羊儿满山坡……大家在青纱帐里讨论的时候也常说，为什么呢？ 天就是那一个天，为什么我们这边的星星又多又亮，而敌人那边的星星却又少又暗呢？ 最善于拨云破雾的黄政委说，什么也不为，就因为真理在我们这一边，正义的事业在我们这一边。

那是一些多么让人怀念的年代啊！ 每一天都会有不测，但每一天也都会有理想在接近或实现。

"我以为你知道。"

曾怀林已经进到了屋里，来到那个像一张方形的饭桌那么大的窗户前，向外面看了一下，灰绿色的卷心菜地里没有人，弯弯曲曲的田埂上也没有人。

"哦，你要这么说，我有些明白了。"车耀吉用手揉着碰疼了的头顶，往昔的峥嵘岁月已从他的眼前退去。他走过来，看看曾怀林，又看看外面的田野。

"是剥夺？"

曾怀林点点头。

"是的，我对那不陌生，我也干过。"车耀吉说，"不过我至今还认为，那是非常必要的。"

答案已明了，却并未带来预想中的轻松。车耀吉有些手足无措地站在自己的屋里，此时的他看上去更像是到了某一个初次抵达的令人拘谨的地方。人总以为走到某一步时，事情就会像物质反应一样有伸缩，有变化，会随之翻开新的一页，但结果却往往并非如此，真不是你事先所估计和想象的那样。

就那样在那个能看到田野的小窗户前发了一会儿呆，后来车耀吉忽然想起了什么。他走到一进门的那面凹凸不平的土墙前，摘下一个挂在上面的篮子，从里面拿出一个用报纸包着的圆形的东西。打开后，是一个叶片上有很多虫眼儿的卷心菜，用纸包住，是为了防止风干。

"是东门生产队的队长送给我的。"车耀吉对曾怀林说，"我帮他们捉了三天的虫子。"

看过后重新包好，没有再往篮子里放，而是放到了曾怀林的身边，对曾怀林说：

"一会儿走的时候拿回去吧，你有孩子，他们正是长身体的时候。"

曾怀林说："你留着吃吧。"

"我一个人不吃菜。"

说得是那样的轻松、高兴，像是完成了一件令人愉快的事情，笑的时候脸上出现了一种既沧桑却又不完全属于老年的令人感到陌生的东西。之后又把手伸到那个硬邦邦的里面仿佛装着沙土的枕头下面，摸出两片提前裁好的纸，给自己卷了一支烟。烟丝放得不多，浅浅的一溜，像是一根长得不太顺溜的眉毛，躺在那片二指宽的纸上。

"像大多数人一样，以前我也一直以为，一个人要是长期不吃菜，身体一定会出问题的，现在看来也完全不是那么回事——"

他把手里的烟点着，尽管只是小心地吸了一口，却还是突然招来一阵猛烈的咳嗽。咳嗽一时停不下来，他不得不面朝着门口的方向，剧烈的振动让他的身体变形，腰不知不觉地弓了起来，脖子前倾，从姿势到声音，都像是在朝着门外狂吠。曾怀林看到那股不可遏制的气流把他的脸都憋红了，眼里出现了闪闪烁烁的泪花，外面的田野和那些稀稀落落的房舍此时正在他的起伏不平、摇晃不止的视线里上蹿下跳，东倒西歪地扭曲、战栗。

　　平息下来之后，他不无歉意地朝曾怀林笑笑，又用手把眼角的泪花和嘴边的一缕鼻涕擦去，接着刚才的话说：

　　"人，不吃什么，不做什么，都没问题，都能过得去。世上没有非吃不可的东西，也不存在非做不可的事情。"

　　黑黢黢的屋里，没有一点鲜亮的东西，但曾怀林却忽然觉得仿佛正置身于一片泥土松软的原野上，一丛丛、一簇簇的小黄花、小蓝花开了，明艳、芬芳，他惊讶地注视着。原野上没有人影，只有树荫和云彩投下来的一小片一小片的浅黑的影子。几年前一家人来到这座偏远小城时的情景再次浮现在他的眼前，那时他们就是从那样的原野上经过的，本地的雄鹰在原野的上空优美而庄严地滑翔着，盘旋着，不远不近地陪伴着他们。"我又看见了那条来时的路，又看见了那片开满野花的高纬度的原野……"他说。不是自言自语，而是很明确地说给一个人听的。一个人能听到自己心声的时候并不是很多，就像清晰地听到有人在前面敲门，有人在房后咚咚地奔跑。

　　曾怀林看着车耀吉，平常只是觉得人生有如驾辕拉车，一旦套上去了便很难再挣脱，前面的路如诡异的长卷一样一尺一尺地在你的脚下铺开，有关的内容早就都描画完毕，在你一落地时便已都绘制好了。许多事情不做不行，硬着头皮去做了，它或许从此就了结了。否则，它们就会一直在那里翘着，支棱着，像一个个刨开的坑……既然刨开了，总得埋点儿什么进去吧。既不埋什么，也不让它再恢复原样，就让它那样朝天敞着？ 可是车耀吉却说，不埋什么也行，就那么朝天敞着也行。

三十

就在距离这次见面一个星期后，车耀吉死了。 不是死于病困，而是由于连日的阴雨使他那间低矮的土坯结构的房子成为一堆松软的湿泥，它们酥松、涣散，像国营粮店里供应的那种被抽掉了精华，失去了筋骨的乏力的面粉，再也无法为他支撑起一个哪怕是仅能容纳他一人的狭小空间，在连绵的阴雨中，它们终于跪地求饶了，愿意重新归隐于泥土。

东门生产队奉命埋葬了车耀吉。 这个几乎没有什么个人物品——墙角的筐子里还剩下两个萝卜、一个土豆——的人，让料理他后事的人们感到异常的简洁而轻松，比周围任何一个人的后事都更省事、更省力。 说是打发一个死人，实际就像去一个人的家里串了一次门一样，没有眼泪，没有哭声，没有香火气息，更没有披麻戴孝，不到一个小时便做完了一切。 告辞出来，就让一个曾经在地面上奋斗过、挣扎过、坚持过的人，抄小路，着便衣，破帽遮颜，顺利地悄无声息地重新回到了有蛐蛐和蚯蚓做伴的故乡。

再来到东门外的时候，几天前还有煮胡萝卜的水从那扇窄小的门里倒出来的土坯房子永久地不见了，它不仅仅是从曾怀林的视线里消失了，也从常在这一带活动的所有人的眼里消失了。 一个有时在这一带放马的人，带着他的疑惑，在一道又一道的田埂上走来走去，有时停下来，歪着头，四处张望，又像是在谛听。 曾经竖在那间矮小的土坯房后面的一根木杆子也不见了，放马的人主要是在找那根具有标志性的杆子，在已经逝去了的那些日子里，他没少在那上面拴马，而现在，那根杆子好像也随着那间房子一起走了。

另外，连最能唤醒记忆，最能作为旁证的卷心菜地也都不见了，每一块地里都空荡荡的。 就连曾经包裹、烘托过卷心菜的那些灰绿色的叶子也都一片没有留下……眼前的景象，说陌生有点儿过分，可要说有多么熟悉，真的又完全够不上，真让人怀疑自己是否真的曾经来过这里，甚至要说这是另外某一个地方的一番景象，也没什么不可。

曾怀林站在那片已经被铲平的露出新土的地上，回想着几天前还停留在这里的那间矮小的房子和住在里面的那个人，一切都消失得比一场晨雾还要干净、迅速。

一点痕迹也没有留下。

送走一个人，就意味着一个时期的结束，是否还意味着一个时代的远去呢？ 他问自己。 但心里却并没有一个明确的答案，因为时代好像并未发生什么变化，那怎么能说一个时代已经远去了呢？ 是的，好像不能那么说，没有远去，一切都还是老样子，也没有看见有新的东西滋生、闪现、抬头。 一个人去了，就像往黑暗的深渊里掉下去一根针，甚至一群人去了，也无非是一把针掉了下去，一捧沙子漏了下去，于事无补，不会带来任何的影响和触动。

前前后后倒下去那么多人，真的就一块砖一片瓦也没有松动吗？ 不，触动和影响应该还是有的，只是一时看不见罢了。 因为一次死亡就标志着一次重生，意味着又一轮新的开始，这是宇宙的规律和法则，没有什么人和事物能够阻挡得了。

存在于他内心深处的重重阴霾大约就是从那时候开始向外飘散，并逐渐减少的。 他开始为车耀吉感到欣慰，因为他仿佛一个不经意的急转身，便卸下了此前压在他身上的一切，在某一个地方重新诞生了。 那个能让他重新开始的地方也许很远，远到一切都令人无比陌生，但，不管他到了哪里，此前的一切都与他无关了，他都要重新开始了——在太阳下劳作，在雨天里冥想；身份突变，他的名字也必定不再叫车耀吉了，而是另外的经过精心斟酌或随意命名的两个字或三个字。

啊！

这样的一种已经完全超越阶级、超越现实生活的事情把他吓住了，让他感到又激动又害怕。 世界、人生、自然，难道真的是这样的奇异吗？

这样看来，世界，一切的生命，岂不是一个圆溜溜的东西？ 没有起始，也没有结束，没有正面，当然也不存在反面，生与死，好与坏，轻与重，长与短，本身并不存在，而是一个又一个时期的人们自己发明创造出来的，其中还包括各种巫术般的政治、经济、文化、军事和习俗的魔方，把这些一代又一代积攒、传承下来的人的心智与技巧以图文和固体实物的形式镶满整个世界，遮住其本来的面目和规律，用一双双匠人之手，一颗颗阴暗叵测之心，塑造出一个自以为伟大文明，实则却是把利益作为唯一航向的世界。

明训死时，他没有想到过这些，只是觉得并不是身边忽然少了一个人那么简单，而是他的整个世界坍塌了一多半，残垣断壁，一片狼藉。那时候，悲愤遮掩了一切，使他几乎看不见任何东西，也想不起任何事情。

现在，一个非亲非故的人的离去，让他极目千里。东门外那片时常有燕子低飞的原野，在他的眼里从此成为一片永远的晴朗之地，即使是在阴雨连绵或大雪纷飞的日子里，他也仿佛能看到被遮掩在沉沉铁幕后的一线鱼肚白。他相信自然的法则和力量，待黑到极致，无路可走之时，便开始群星闪耀，开始浮现，晨光熹微。

可是，当认为那鱼肚白永远都很难出现时，人就会因等不及而心碎、绝望。

三十一

"这是要去哪儿？"

"红星农场。"

"长途班车不经过那里。"

"我步行去。"

"能用'同志'这个词称呼您吗？"

"应该还不行，还没有结论。 就直接叫我的名字吧。"

"早就想和您聊一聊了。"

"聊什么呢？"

"生活，命，随便什么都行。"

"怎么选中了我？"

"您认为我找错人了吗？"

和他说话的是一位曾经的化学教师，姓熊，眼睛深度近视，人称熊瞎子。 据说能用化学试剂配制出杀伤力很强的炸弹，不过，在有着雪亮的眼睛和敏锐的政治嗅觉的广大人民群众的监督和注视下，他的计划没有完成，阴谋未能实现。已经有好几年不再让他接触化学和化学实验了。 经过严格的甄别和审查后，被放到学校的总务科负责扫帚、铁簸箕和黑板擦的发放、登记和领取，没有人相信他能在这几件日常的粗使物品上再做出什么新名堂，它们相互之间也不具有勾兑性和由此产生的新一轮的化学反应；即使直接用来伤人，它们也算不上是什么利器，本身不具有危险性，更无机密可言。

"真不巧，我好不容易请了半天假。"曾怀林歉疚地说，"等我从农场里回来行吗？"

"行，什么时候都行。"

熊瞎子不无遗憾地目送着曾怀林离去，不知是自己的视力越来越衰弱了，还是对方走得太急，总之，他很快就再也看不见什么了。　转过脸，却在对面的国营第二缝纫社的低矮幽暗的玻璃橱窗上忽然看见一个失魂落魄的令人疑窦丛生的形象，他顿时吃了一惊。　没等里面的那些扎着围裙、戴着套袖、面色灰暗的缝纫女工出来，便赶快离开了。　他可不想也不敢招惹她们，别看她们成天坐在一台台缝纫机前面像发了霉一样面无表情，一整天也说不了几句话，但她们要是忽然闹腾起来，给人的刺激也不亚于一个有武力和权力做靠山的专政机关。

他眼瞎，可心还没瞎，快走到新华书店的那道一人多高的台阶下面的时候，他就明白过来了，刚才忽然鬼魂一样出现在国营第二缝纫社低矮幽暗的玻璃橱窗上的那个看上去十分倒霉、又不无晦气的令他颇为惊骇的形象，其实谁也不是，而正是他本人。

三十二

从城北的原野上出发，东去十五里，就是红星农场。

农场里有时会有价格很低廉的蔬菜出售，当然人家也不是在大张旗鼓地做生意，而是一种不定期的偶然行为，每一次都是偶然行为，谁碰巧赶上了，谁就能幸运地体验一回少花钱多办事的梦想，这样的梦想在大多数的时候当然是不可能实现的，不然怎么能被称为运气？"到红星农场碰碰运气去！"就表示你要是去了，就有可能碰上农场里的那种偶然行为，用一分钱就能买到平时用五分甚至一角才能买到的东西，这样的事情，不叫运气叫什么？ 如果连这都不算是运气，还有什么能算作运气呢？

农场仿佛是一座取之不尽用之不竭的金山，散落在它四周的很多人都想去沾一沾光，占一点便宜，花几分钱，能买到十几分甚至几十分钱才能买到的东西。 当然，也就是点蔬菜，只有蔬菜，别的也没有。

这样的事，还是老宋生前告诉曾怀林的呢。 老宋还说，要是运气好，恰好又赶上他们没耐心，有别的事情要做，那时候就能买到那种不是论斤论两，而是论堆的菜，一堆一堆的，随便给一点钱，你就能拿走一堆。 当然，那种论堆卖的菜，质量肯定不一定好，可是东西多呀，那是以数量取胜的，拿回去耐心地拣一拣，还是能拣出不少好的来的，总体来说，还是很上算的。 本身你花的钱就不多，呼啦一下得到那么多的菜，还要怎么样呢？ 曾怀林说，那么，什么样的人才能够有那样的机会呢？ 不是谁都可以的吧？ 老宋说，想多了，没那么复杂，谁都行，只要你去了，正好又赶上了，他们才不管你是谁呢。 曾怀林想了一会儿后，又问，像我这样的人也行吗？ 老宋说，瞧你说的，你怎么啦？ 你不是人吗？ 当然行，去了你就知道了。 他们最让人感动的地方就是他们从不看人下菜。 卖给你一点儿菜，还要调查你的祖宗三代，打听你的身份和历史是不是清白？

从不看人下菜……就像一股暖流，从曾怀林荒芜寒冷的心底涌过！ 他实在想象不出那是一番怎样的情景，每一个前去的人，每一个被私心杂念作怪的人，每一个明摆着就是想去占一点儿便宜的人，在那些等待处理的菜堆面前，会被一视同仁地看待，那怎么可能呢？ 他称好了，下一个就轮到你？

人世间竟然还有那样的地方存在，靠的是什么呢？

尽管存在于老宋身上的那种很重的江湖习气让曾怀林对这件不无理想国色彩的事情还有所怀疑，但他的心里对那个坐落在十五华里以外的陌生的农场还是充满了向往之情。 他决定一定要找个机会亲自去一趟，能不能遇到老宋说的那种能够把一分钱变成十几分乃至几十分的事，那是另一回事，最重要的是他想亲眼目睹一下老宋描绘的那种暌违已久的人人平等的人间图景。 很难说有多久了，那图画时常就在他周围不远的地方展开又合上，平静而又质朴地存在着，而他却一无所知，闻所未闻。 平心而论，单就这一点来说，他觉得自己这些年来的改造也不能说是多成功的，不要别人来评判，打分，自己给出的分数也只能勉强及格。 上级组织对他进行严酷的等待、观望和考验，并非完全没有道理。

一个人一味地鸣冤叫屈，觉得整个世界都对不起他，曾怀林不希望自己是一个这样的人。 为什么从来都不知道去仔细地检查一下自己？ 你是否真的就洁白无瑕？

这样的自查往往是会让自己感到尴尬和难堪的，除了发现自己并非完人，还会像收拾箱柜一样找出许多意想不到的污秽和与生俱来的"小"，而所有那些东西，都是你平时公然鄙视和抨击的，让你感到尴尬和难堪的就是你从未想到那些东西竟然也会聚集在你的内部，你竟然也是一个常被你鄙视和抨击的对象，只不过常常被你忽略，被你漏掉。把一圈人数来数去，就是数不到自己的头上，每一回都会数不到自己，都会有意无意地把自己漏掉。那是什么？那就等于不表态地把自己置于一个高高的完美的圣贤般的位置上。

不是吗？在他的内心深处，他也从来没有把那些没有多少文化的，靠自身的力气和某一门手艺养家糊口的最普通的劳动者看作是和自己一样的人，更没有也不会把他们当成是自己的朋友。远的不说，就说住在距离他不远处的老宋，老宋可是真心把他当朋友和兄弟的，只要他遇到难处，老宋那是不含糊的，总会尽自己的所能。但是，他把老宋看作是朋友了吗？他拷问自己，结果是没有。平时对老宋的尊敬和热情，只是表面上的，是经不起推敲和深刨的，是一种受到过人家的长期的恩惠之后不得不有的，或者说是最自然的反应。真正来说，他内心深处的那道白杨木栅栏却从来没有放老宋进来过。刚到这座小城的那一年，老宋帮他筑起了让一家人感到安慰的白杨木栅栏。有一天黄昏过后，老宋还在白杨木栅栏前忙活，他过意不去，非要让老宋留下来吃饭，老宋起初不肯，后来竟也爽快地答应了。但是收工以后，那天的晚饭是在哪里吃的呢？是在位于农机管理站对面的第二人民饭店，就他和老宋两个人。 表面上说是刚刚安顿下来，家里过于简陋，很难做出什么像样的饭来。 但真正的根源却在于他内心深处的那道白杨木栅栏紧紧地关闭着，没有也不准备向任何人敞开，朦胧而遥远地、顽强而警惕地拒绝着一切来访者，拒绝他们登堂入室，深入到他的家庭内部。 尽管明知在第二人民饭店的花费要远远超过在家里做饭的花费，但他心甘情愿。

他是这样的，明训呢，自视甚高，在她的心里更有着对普通的粗俗无知的民众的蔑视。

不过，看着老宋一边投入地抿一口酒，一边还在认真地帮他规划未来的家园，他又在心里感到愧疚，觉得有些对不起眼前这个耿直而又热心肠的人。 老宋说，栅栏有了，再在栅栏边栽两棵树，铺一条碎石子的路，这样下雨下雪的时候就会干净许多。 又说，这些你都不用愁，办法总会有的。后来的事实也一再证明老宋不是那种喝一点酒，就借着酒劲信口开河，在酒桌上胡乱许诺，过后又把曾经信誓旦旦所说过的话忘到九霄云外的人。 第二人民饭店下班的时间快到了，两名服务员不时地过来催促他们，让他们赶快吃完走人。 饭店里的三盏灯已经灭了两盏，就剩下他们头顶上的这一盏了。 周围其他的几张桌子已经没有人了，服务员们把所有的凳子都腿朝天放在桌子上，开始洒水、扫地、上护板。

三十三

几年前的往事仿佛就在昨天。

曾怀林觉得自己的真正的改造恐怕永生永世也不可能完成了。

早就说好了要找个机会与老宋一起去一趟红星农场，老宋总是说，等一等，过两天咱们就去。 等老宋说可以去了的时候，曾怀林这边又走不了啦。

但是有一天发生的一件事，却让他们再也没有一起结伴去红星农场的可能了：老宋死了。

曾怀林从内城里回来，刚推开白杨木栅栏的门，便听说了此事，他没有回家，转身就往西边的临时居民点走去。 绕过几个水坑和一片树丛后，看见老宋他们居住的临时居民点那里黑乎乎的一大堆，几星磷火一样的灯光点缀在其间，使得那一片被内城和主流生活一直多年拒绝的地方看上去又凌乱又复杂。 曾怀林不相信侠肝义胆的老宋会说死就死，又没有病，又是一个天塌下来都不愁的人，怎么会死了呢？ 他更愿意相信是有人在搞恶作剧，以前就有过类似的事情，说住在不远处的某某人死了，从死因到过程都说得有根有据，就像真的一样。 就在周围的人们觉得世界幽深莫测，喟叹人生反复无常的时候，第二天却赫然看见那个已于头一天死去的人，正在没有院墙的窗户下劈柴，间或直起腰，斧子靠在腿边，将夹在耳朵上的半截纸烟重新点燃。

曾怀林在黑暗中走着，耳边仿佛已提前听到一阵在广大的人民大众之间极为常见的捉弄与被捉弄后引起的哄堂大笑，仿佛看见老宋正坐在他本人亲手制作的那把椅子上，笑着对刚从外面走进来的一脸惊恐和茫然的曾怀林说，看把你吓的，他们和你开玩笑呢，我哪能死了，还有好多事情没做呢，坐下喝一杯吧。

但是这一回，曾怀林没有听见预想中的笑声，越接近老宋的院子，越觉得事情有些不对。大门是开着的，老宋移回来的野葡萄和野草莓都仿佛已进入了深深的睡梦中，老宋家的小狗来福正在黑暗中趴着，看见曾怀林进来，一边往起站，一边摇晃着变成一个小圆圈的小尾巴。也就见过一两回，它就记住他了，幼小的心灵里从此不再把他当外人。

走进一间门开着，点着好几盏灯的屋里时，曾怀林看见了老宋的遗体！惊愕的程度远远地超过了自己第一次被捕时的情景。

刚刚烧过的纸灰像一封封黑色的来信，在一张烧着香，点着蜡，也是老宋生前亲手制作的山榆木的桌子前飘舞着。

好长时间过去了，老宋的坟头上已冒出了青草，曾怀林还能清晰地记得临时居民点的那个黑灯瞎火的晚上，老宋的模样像极了在装死，像极了在和包括家人在内的所有的人开玩笑，开着一个不无沉痛的玩笑。黑色的纸灰在同样漆黑的穿堂风里旋舞着，飘落着，年幼的小狗天真而困惑地注视着眼前发生的一切。

　　老宋是在帮助一户从察北一带迁移来的没有居所的人家在北山的一处土崖下打窑洞的时候被埋进去的。 当天午时，有一股细细的土，像一根细麻绳一样从窑洞的前面神不知鬼不觉地垂下来，源源不断地垂下来，流下来。 在场的好几个人后来都看见了那一股细麻绳一样的土。 像是有人从上面精心放下来的一根别有用意的钓线，却只有老宋好像没有看见。 有人指给他看时，老宋却用嘲笑和不屑作为回答。 他朝窑里看了看，说入深还不够，于是就又进去了。 事后有人猜测，也许他是真的没看见那股钓线一样的不祥的土，要是看见了，凭他的经验，他不会不警惕。 但更多的人认为，恰恰正是由于他的过于丰富的人生经验和自信心葬送了他，要是一个没有经验的新手，就不会有后来的事。

　　冥冥之中，好像老天也不喜欢那种洋洋得意，一贯自以为是的人呢。 怀揣着一颗躁动的挑衅的心，不会有好下场的。

　　在去往红星农场的路上，曾怀林不断地想起老宋，那么一个人，就像一只鸟一样，说不见就真的再也不见了。 老宋为什么要帮助那么一家不认识的人家打窑洞呢？ 老宋的朋友老龚说，谁说不认识？ 不认识能那么真心实意、尽心尽力地帮忙吗？ 早在那一家人还住在察北的时候，老宋就认识他们了。 那时候他常在那一带活动，他和那家里的女人关系不寻常呢。

住在老宋旁边的，两家之间隔着一个绿汪汪的大水坑的吴铁匠说，一个人常年在外到处跑，到处出溜，不可能干净得了。

吴铁匠的话像一段淬过无数次火以后的铁，在春日的黄昏时分，已显出钢的蓝色，重重地往地上一掷，让曾怀林的心里不禁一惊。打那以后，老宋的形象在曾怀林的心里不知不觉地发生了变化，一半是明的，一半是暗的，他再也没办法将从前那个相对来说应该是很熟悉的人统一起来，置于明亮的光线里。老宋在他的心里开始变得经不起推敲，昔日的那个钢铁般坚强的老宋，被现在的这个有缝隙又有漏洞的脆弱的男人所取代，这让曾怀林觉得有些难过，觉得自己这样重新认识一个已然死去了的人，一个曾经在已逝的岁月里没少帮助过自己的人，有些对不起老宋，有些有失公允和厚道。可是，老宋本身也很不给他这个萍水相逢的愿意以一种美好的形象永远记住他的朋友争气呢。他身上已经暴露出的和还没有暴露出来的，以及以后再也没有机会暴露的那些东西，让曾怀林很难再理直气壮、光明磊落地回忆他。

人真是一种奇怪的东西，一个人的身上只要有一小片阴暗的地方，便会让数倍于此的光明的东西得到抵消、湮灭。好有多少也总是显得不够；而不好的东西，哪怕只有一个铜钱那么大，只有一根针那么短，也会让一个人顿时矮小一半。没有人能逃得过这种超自然的计算方式和计算结果。

老宋，你还行侠仗义，大包大揽地帮助人家打窑洞，找住处，你以为你是谁？ 主持都江堰的李冰？ 神工鬼斧的鲁班？ 你不过是为一个从察北来的不知名的女人和她的家庭打了一眼能够供他们容身的土窑洞，你知道你死后，周围的人是怎么议论你，怎么看你的吗？ 不管是谁，生前不能掌控一切，死后更会是一面任人涂抹任人诟病的墙，就算你是天底下最要强的人，就算你身怀绝技，滴水不漏，各路武艺各种招式样样精通，只要你一合上眼，你是一个怎样的人，就全由别人说了算了。 对此，同样也住在城外的临时居民点，一个人拉扯着三个孩子的林丽丽说得更好，她对云中粮站的那个每一次都要在秤头上克扣她一些口粮的梅文忠说，有本事你就永远别合上眼，永远活着。

沿途的树木忽然断开，岔路口到了。

三十四

从岔路口向南斜插二里地，就是红星农场。 按照老宋生前曾经向他描绘过的路线，进了农场的大门以后一直往深处走，见到一处外表涂着黄油漆，里面传来阵阵敲打声的房子也不要停，继续往深处走。 直到看见一口锈得褐红色的大钟，看见大钟附近的一个架在高处的特大号的高音喇叭，这时候就得向左转，沿着那条由米黄色、粉白色和粉红色沙子混合而成的沙土路，再往农场的深处走。 走一会儿，会看见几排刷着绿油漆门窗，有时开着门有时锁着门的房子，不要以为那就是你要去的地方，那是专门供外面来农场的客人休息住宿的地方，和你一点儿关系也没有，你还得再往里走。

十有八九，沙土路上会突然跳出一个人来，像是从地底下冒出来的一样，不论春夏秋冬，都穿着一件灰蓝色的短大衣，大衣的后摆像是被水泡过，被血浸过，变得坚硬而不驯服，时常像一条被截过的尾巴一样在后面翘着。 一般情况下，这个人会拦住你的去路，很严肃地对你说："能看看你的证件吗？ 请把你的证件拿出来！"凡是第一次去农场的人都会被这个情况吓住，不知该怎么办。 其实，你不理他，他也就再不要了，好像他把要证件的事已经忘记了。 马上又换一种表情和声音，像是你的朋友或亲人一样，关切地问你：

"伤口还疼吗？"

碰到这个人，千万别在意，也不要理他。 那是一个疯子，一个有名的疯子，无论看见谁，他都会那么问，并没有具体的针对性。 农场是宽宏大量的，这么些年一直还让他留在农场里，没有撵过他，也从来没有在天黑以后把他捆绑起来，用拖拉机把他拉到某一个很远的人生地不熟的地方后扔下不管。 只有当上级领导来农场视察工作的时候，他才会被暂时关押起来，与废旧柴油机，牛吃的磨盘那么大的豆饼和麻饼，一人高的拖拉机轮胎等大型的东西，共同锁在一起。不能把他和铁锹、锄头一类的小型的生产工具锁在一起，那样他会闹出很大的动静，乱七八糟地像大闹天宫一样，会引起上级领导的注意。 那样一来，锁他，关押他的意义也就失去了。 其实，锁他，关押他，除了要保证上级领导的安全和农场的正常秩序外，同时也是为了他本人好。 试想，如果不管他，不重视他，由着他来，让他疯疯癫癫地跑出来，闹腾一番，能有他什么好结果？ 上级领导要是个心善的那还好说，要是正好碰上一个脾气不好的，二话不说，立马就将他拿下，让他万劫不复。 更何况，锁他，关押他，那一切也都是暂时的，只要上级领导视察完一走，他就又被放出来了。所不同的是，有的领导视察完以后还有可能留下来在农场里吃一顿饭，也不让另做，就与农场的领导和职工们同桌吃饭，边吃边聊。 也有可能饭后还要休息一会儿。 那他就会在黑房子里与废旧柴油机，一人高的大轮胎，豆饼麻饼等物品关押的时间稍微长一点儿，长也长不到哪里去。 要是碰上有的领导看完就走，不在农场吃饭，那他很快就会被放出来。

　　记住，不要和疯子纠缠，你还得继续往里走。 他在你背后的沙土路上大声地背诵马列主义、毛泽东思想，背诵国际共运史，你也不要理他。 他说他自己的档案没问题，档案不见了，你也不要管他。 总之，无论他说什么，你只当没听见。 只当是一阵风，哪怕是一个有来头的妖精一样扭来扭去的旋风。

　　走着走着，脚下的那条沙土路就不见了，十几座粮囤形状的大草堆山丘一样横在眼前。 第一次走到那里的人都以为前面没路了，其实还有路，就是草垛与草垛之间相隔的那些空隙，那就是路。 从那些草垛之间的空隙处穿过去，有一扇常年不锁的小门，推开小门，猛然发现自己原来处在一个很高很陡的位置上，而下面是另外的一番景象：阡陌纵横，沃野千里，巨大的水车慢慢地从容不迫地转着。 那就是农场的命脉——大片的土地和庄稼。

不过你不要下去，你也下不去，因为那不是你要去的地方，站在上面看看就行啦。 那扇通往另一个世界的小门是怎么打开的，你再给人家怎么关上。

一定还有另外的路通向田野？ 那是肯定的。

沿着小门旁边的一条被野花和野草遮掩得一次仅能供一个人通过的小路，走不了多远，就会走进一个辽阔的大院子里，好多拖拉机停在那里，有人躺在车底下修车，有人用柴油清洗零件。 只要你不停下来盯着他们看，他们也是不会过问你的。 有的人没事找事，最后招来灾祸上身，那也怨不得别人。

路过食堂，会看见大师傅们在里面压饸饹，切土豆，捞酸菜。 大师傅中间最有力气的人站在高高的灶台上面炒菜，挥动一把铲煤用的大号的方头铁锹在锅里奋力翻炒，从远处看，更像是一名装卸工在完成自己的定额。

不要在食堂前面多停留，经过那里的时候正常地通过，脚下的步子稍微加快一些，尤其不要东张西望，农场保卫科的人说不定就在不远处看着你呢，他们又不穿专门的衣裳，看上去和正常的人完全一样，你根本分不清谁是种地的，谁

是专门念报纸的，谁的腰里别着枪，口袋里装着红本本。 你
正常的时候，他们也正常；你一不正常，他们就过来了。

为什么？ 瞧你问的。 当然有原因，你就照我说的去做
准没错，这样你就能让自己与麻烦划清界限。 你还嫌自己的
麻烦不够多吗？

农场的木工组和铁匠铺就在前面不远的地方，不过两个
组并不在一起，而是被一条拉着铁丝网的路从中间隔开了。
一边叮叮当当，火星四溅；另一边又砍又锯，不停地吐出白
得晃眼的刨花。 走在那条漫长的用铁丝网隔开的路上，每个
人都觉得像是走进一个军事禁区一样安静、森严。 要是谁手
里拎一只鸡，也会像一只死鸡一样一声不叫。

三十五

农场的花自由自在地开放着。

在铁丝网消失的地方，一片白杨树和山杨树混合生成的
林子会让人在瞬间忘记整个农场，忘记同样以马列路线为航
向的这一级组织和这一个内部分工并不松懈的机构，好像身
处在一片深山老林里，黑绿色的苔原，相互攀连的灌木，像
是一个人口稠密，彼此都沾亲带故的大家族。 除了植物，见
不到一个农场的人。 从外面望进去，林中好像没有空地，但
再走一会儿，就会隐约看到里面的那些无比安静的木屋，木
屋也不是一两间，看上去非常密集。

看见林中的那些密集的木屋，曾怀林的心跳不由得加快了。 他感到身上的血液有如涌动的潮汐。

至此，对于能不能买到便宜的菜，曾怀林觉得自己已经不那么看重了，甚至完全不重要了，内心深处涌上来的是一片浩瀚无边的既像陆地又像海洋般的情感，其中就包括一片对老宋的感激之情。 他清晰而又真切地感到老宋的名字此刻就浸养在那种蜜一样浓稠的感激之中，尽管他一直都不知道老宋的全名，但那个人是真的，音容笑貌可以触摸到的。 没有老宋，他不可能看得见这一切，甚至终身都有可能会对这一切闻所未闻，永难谋面。 老宋知道自己在干什么吗？ 也许他觉得不过是在闲聊，在闲聊中向他这个拖儿带女的异乡人介绍一些不算是门路的生活门路。 社会、大地、山川河流，甚至国家、政党，只要你认真、用力，是能够从中吸收到那种足以养活人命的汁液的，尽管很多时候只是艰难异常的一点一滴，但对于生存来说，那也足够了，那已经够了。

眺望着林中那些密集的木屋，他像一个背着父母偷偷跑出来的贪玩的孩子，在那片让他神魂激荡的林子前驻留了很久，有一瞬间，甚至忘记了有国，忘记了有家。

三十六

离开树林，前面一下出现了好几条令人眼花缭乱的路。曾怀林想起老宋的嘱咐：沿着距离小五金厂和小农具修理厂最近的那一条路走，农具厂最显眼的标志是那一堆堆锈得褐红的废铁。 农场里坏了的农具都在这里修理，不需要拿到外面去修，甚至外面的农具有时也会送到这里来修。 拖拉机对土地的作用，使得那些曾经亮闪闪的年轻气盛的犁铧完全锈死了，只能日复一日，憔悴木讷地闲坐在农具厂的门前，看着拖拉机大声地吼叫，一桶一桶地喝油，神气活现地奔跑，戴红花，受表扬，而它们却再也没有亲近田野的机会。

青蓝的天空下，农场的景物不断地扑入曾怀林的视野。有一段时间，他记不起自己到这里来是要干什么。

按照老宋生前的描述和指引，过了配种站，过了外表花哨的共青团俱乐部和与之中间隔着一座小山冈的农场卫生所，曾怀林终于找到了那个时常有低价菜出售的地方——是两间潮湿的泛着一种生石灰味和韭菜气息的平房，光线很暗，只看见一台寂静的磅秤和一个正趴在一张小学生课桌上打瞌睡的人，那个人的一只手按着一个秤砣，像是担心秤砣会在他睡着的时候发生政变，或者悄悄逃走。

那个一只手按着秤砣的人看来并没有睡着，至少不是熟睡。 曾怀林从外面刚一进来，他就从桌子上抬起了头，冲着门口有雾蒙蒙光线的地方说道：

"没有了。"

"一点也没有了吗？"曾怀林一边适应着屋里的光线，一边问道。

"就剩下这了——"

那个人站起来，来到距离磅秤不远的地方，指着一小堆残缺不全的萝卜，并用脚把其中的一个萝卜踢回到堆里去，又指了一下旁边的一小捆甜菜。曾怀林在他的指点下，弯下腰看了看，萝卜大都是半个半个的，但基本还是好的；甜菜的叶子上边缘部分已经腐烂，变得像脓一样黏稠深重。

"就剩下这了。"那个人说，"你还要吗？"

"我要了吧。"曾怀林说，"多少钱呢？"

"也不要过秤了，这么一点儿不值得一过。留下一角钱，你都拿走吧。"

"应该还能从中挑出不少好的来吧？"

"应该行，耐心一点儿，还是能拣出不少好的来。以前从来没见过你，你是头一次来吧？"

"头一次。我也是听别人说的。"

曾怀林蹲在地上，把那一小堆萝卜和甜菜捡到他随身带来的一个柳条篮子里。磅秤员的通情达理和宽宏大量实在有些出乎他的意料，这也让他越发感到拘谨和不安。人的忍耐都是有限度的，趁现在大好的时光，应该赶快把地上的东西收拾好，然后提着篮子离开。从相貌上看，眼前这位磅秤员应该属于那种对于身外之人和身外之物很挑剔，甚至近乎苛求的一个人。一会儿，他要是忽然变得不高兴起来，那也是完全正常的，也是在情理之中的。

地上的东西都已放进了篮子里后，曾怀林拿起靠在磅秤上的一把扫帚，把堆放过萝卜和甜菜的那片地方仔细地清扫了一下。 第一次来这里，一定要给人家留个好印象，他是这么想的。 在他做这些的时候，那位磅秤员一直在旁边很平静地看着他，既没有说感谢，也没有说不用扫了。

付了钱，提上篮子，正打算沿着刚才来时的路回去的时候，磅秤员却指着一扇门让他从那里出去。 一出门，他吃惊地发现自己已来到了一条大路上。 就在他疑惑的时候，忽然看见了坐落在不远处的农场的大门。 不久前，他就是按照老宋生前的描述和指引，从那个大门里进去的，在里面绕了一大圈，却万万没想到他千辛万苦地要找的地方竟然就在路边。 看来，这个门是后来才有了的，至少老宋还不知道，所有再来买菜的人都不用再进到农场里面去了，不需要再绕那么一大圈了。 老宋向他描述和指引的是一条过去的老路。这说明自从这个临近大路的门开通以后，老宋还没有来过。

老宋啊！

青蓝的天空下，一排雁阵刚刚过去，没有民兵从寂静的原野上走过。 发往专署所在地去的一天一趟的长途客车正在刘家坟一带费力地爬坡，从远处看，像是静止不动的。

他看看篮子里的菜，萝卜虽然都是半个半个的，但其实没有什么，将来吃的时候不也还得要切成小块嘛，甚至还得切成更细的丝。 甜菜的主要部分还是好的，一出了门，他就已经想好了，回去后，他要给它们做一次手术，只要用剪刀把边缘上那些腐烂的部分剪去，就会是一小捆新鲜碧绿的菜。

先锋艺术的虚构信徒

—— 吕新小说略谈

吴义勤

　　吕新是一位艺术风格极为独特的小说家。作为"先锋小说"代表作家，他在长篇、中篇、短篇方面都取得了突出成绩。其中，他对中篇小说这种文体更是情有独钟，无论数量还是质量都相当可观。

　　虽然他的中篇小说始终聚焦人性奥秘，书写历史进程，但由于他在小说语言、结构、主题上的刻意反常规或反传统实践，故要全面、精当地解读吕新及其小说创作，并不是一件容易的事情。从整体上看，他在小说理念上可谓高标独异、特立独行。比如，重知觉，轻理性，刻意追求语言表达上的陌生化效果；动辄打破现实与历史界限，试图在梦中之梦或想象之境中建构超越特定时间与空间的精神世界，尤其不注重故事和情节营构，甚至完全将之作背景化处理；擅长写景且将其作为小说本体而予以凸显，但内涵极其抽象、多义、难解；等等。而从具体文本实践来看，意象化、碎片化的语言，繁复的结构，不确定的主题，以及比喻、隐喻、复沓等微观修辞上的非常规运用，使得他的每一部小说都因阻拒性、陌生化而展现出十足的先锋色彩。 在 1990 年代马原、余华、苏童等先锋小说家纷纷转型的大背景下，他丝毫不受外界影响，依然故我，这种坚守亦堪称传奇。

《南方遗事》和《白杨木的春天》是吕新创作于 20 世纪 90 年代初期和 21 世纪第一个十年间的作品，也是其早期和晚期中篇小说的代表作。 从早期到后期，其间"变"与"不变"亦可从这两个文本中得到充分体现。

重知觉、想象，轻理性与平面化写实，反故事，反情节，并以语言为小说本体建构全新的艺术世界，这种理念与实践在早期以《南方遗事》为代表的小说中得到突出表现。在《南方遗事》中，像"语言下面是一个虚构的时期""山下是虚构的乡土""他在这个虚构的地方种植了一望无际的鹅黄色的药草""我来到这个虚构的乡间后"这类话语非常清晰地显示出其对传统小说"真实观"或"艺术观"的抛弃与超越：人物符号化，语言能指化，一切似都变得飘忽不定；时间、空间、人、事、物及其关系似都被强力编织进"虚构"的大网中，不羁的想象和虚构主导了一切；故事与情节被虚化处理，风景成为主体而被予以集中塑造；小说写得像一首长诗，意境朦胧，主题多义。 另外，由于象征、隐喻、意象等手法的广泛而密集运用，并由此而导致的在语言层面上的晦涩难懂，也典型地代表了"先锋小说"高峰期内的语言风貌。 从这个角度来说，吕新的先锋写作是严重"错位"的——这种本来发生于 20 世纪 80 年代的写法，却在早已遭受冷落和边缘化的 90 年代发生，就多少有点"物是人非"且带有几许"挽歌"的意味。或许，吕新的"错位"也承载了一代人对那个文学年代的美好记忆，因而，以《南方遗事》为代表的早期小说依然有其不可取代的存在意义。

跨越 90 年代后，吕新的中篇小说创作依然聚焦历史或人性维度，依然钟情于"先锋艺术"的探索与实践，但在"如何写"方面也有了一些改变。比如，开始重视故事或情节要素功能，强调小说的"可读性"；人物以及人物关系变得相对清晰；主题变得不是那么晦涩；等等。《白杨木的春天》就是其转型之作。具体来说，一方面，小说讲述一个知识分子曾怀林"被发配"至偏远小镇进行劳动改造的命运故事，并以此深入揭示或探讨置身于那个荒唐年代里知识分子的心灵史。在此，虽然特定年代、政治运动（或政治事件）都被作了背景化处理，但承载特定历史讯息和时代内涵的人物及人物关系是清晰可辨的，对知识分子孤独、漂泊、失落等身心受难主题，特别对其生存困境或精神困境的揭示，以及对荒唐历史和非人际遇的质疑、反思乃至批判，都得到集中而清晰的呈现。很显然，这种写作是有明确目标和理性思考的。另一方面，小说在"审美形式"上继续保持对先锋艺术的实践热情。对风景与人之关系特别是对融入其中的声音、色彩和内感官意识的深描，杂糅讲述与呈示两种小说语式且带有散文化或诗化倾向的文体风格，动辄长达几十字富含丰富信息的超长句式，以及对象征、隐喻、通感、议论、抒情等修辞方式的密集使用，等等，都表明其在前后三十年间小说艺术探索与实践中对"先锋艺术"的一贯坚守。总之，内容与形式的高度统一，主体与客体的深度交融，历史与人的及物性书写，这些在其早期小说创作中难以周全的艺术实践，在这个中篇中都得到较为完美的呈示。

无论过去还是现在，吕新都是先锋小说艺术的信徒。任凭时代如何变迁，他对先锋艺术精神的坚守，都不曾有丝毫动摇。他依然按照自己对小说艺术的理解，按部就班地从事写作，且不改先锋本色。在崇尚快餐化阅读的今天，他这种信仰与坚守不免"悲壮"甚至"惨烈"，因为他这种偏于形式实验的写作事实上已被大众读者和评论家所忽略或搁置，但是，谁也不会轻易否定他这种趋于创造"艺术品"的孤绝实践的价值和意义。至少，在中国现当代小说语言发展史上，吕新是要被浓墨重彩地写上一笔的；吕新及其中篇小说也注定会被一代代精英读者所重视，其有待重读与重释的巨大空间依然无限敞开着。

图书在版编目（CIP）数据

白杨木的春天/吕新著；吴义勤主编. --郑州：河南文艺出版
社，2020.12
（百年中篇小说名家经典 / 何向阳总主编）
ISBN 978-7-5559-1041-1

Ⅰ.①白… Ⅱ.①吕…②吴… Ⅲ.①中篇小说-小说集-中国-
当代 Ⅳ.①I247.5

中国版本图书馆 CIP 数据核字 (2020) 第 229697 号

丛书策划	陈 杰　杨彦玲		
本书策划	王淑贵	责任校对	梁 晓
责任编辑	王淑贵	责任印制	张 阳
丛书统筹	李亚楠	书籍设计	书籍/设计/工坊 刘运来工作室

白杨木的春天
BAIYANG MU DE CHUNTIAN

出版发行　河南文艺出版社
本社地址　郑州市郑东新区祥盛街 27 号 C 座 5 楼
邮政编码　450018
承印单位　河南瑞之光印刷股份有限公司
经销单位　新华书店
开　　本　787 毫米×1092 毫米　1/32
印　　张　7.75
字　　数　141 000
版　　次　2020 年 12 月第 1 版
印　　次　2020 年 12 月第 1 次印刷
定　　价　35.00 元

印厂地址　河南省武陟县产业集聚区东区（詹店镇）泰安路
邮政编码　454950　　电话 0391-63956290